KB034304

손으로 쓴 수필

나무, 그리고 생명의 소리

글 · 사진 김홍은

정은출판

| 책을 펴내며 |

인생 산수傘壽의 고개를 넘으며, 40년간을 나무와 함께 살아온 세월을 돌아본다.

30년을 넘도록 교단에서 조림학, 조경학을 강의하였으나 반복에 불과하였다. 자연에 관한 전공의 기초이론은 큰 변화가 없어 교과서에 의존할 뿐이었다.

정년 후, 다시 돌아보니 겉만 가르쳤음을 깨달았다. 나무가 지닌 기본조차도 똑바로 모르면서 아는 체하며 지나온 날들이 부끄럽다.

장자의 천도天道 편에 나오는 목수 윤편輪扁 이야기가 떠오른다.

학자가 저술한 책만 읽고 이야기 할 줄만 알았지 목수처럼 그 근본적인 깊이의 내용은 알지 못하고 강의하여 왔음을 뒤늦게 뉘우쳤다.

정년 후, 8년째 침엽수에 대한 암꽃, 수꽃을 관찰하며 종자를 따서 파종하고 발아하는 과정을 다시 살펴보며, 자연의 기초를 다시금 깨닫게 되었다. 아직도 끝을 맺지 못하였으나 그 일부를 책으로 엮었다.

부족하지만 제자들과 침엽수를 사랑하는 사람들께 조금이라도 도움이 되었으면 하는 바람이다.

2019년 6월

저자 김홍은

| 차례 |

| 서문 |

생명의 소리

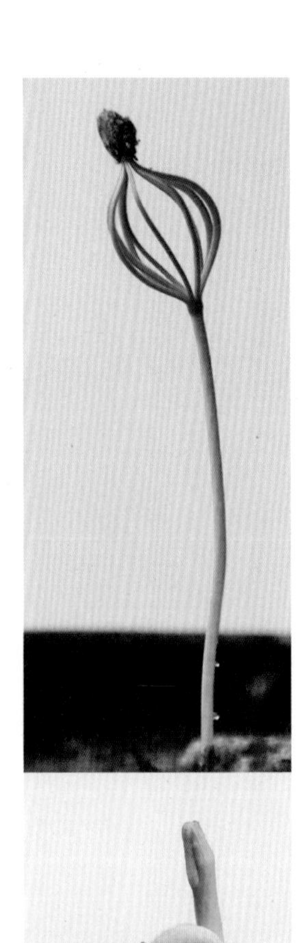

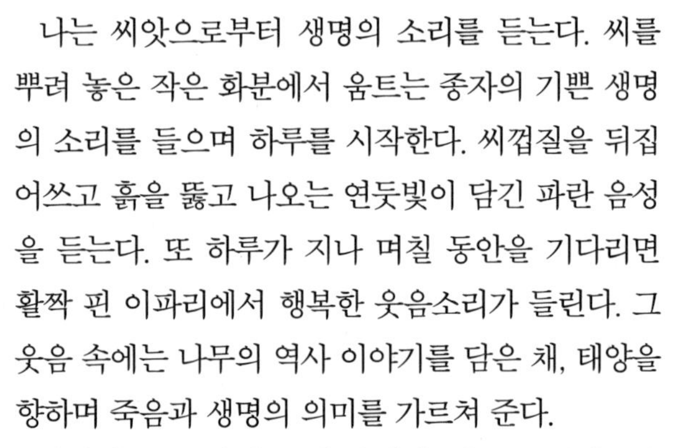

나는 씨앗으로부터 생명의 소리를 듣는다. 씨를 뿌려 놓은 작은 화분에서 움트는 종자의 기쁜 생명의 소리를 들으며 하루를 시작한다. 씨껍질을 뒤집어쓰고 흙을 뚫고 나오는 연둣빛이 담긴 파란 음성을 듣는다. 또 하루가 지나 며칠 동안을 기다리면 활짝 핀 이파리에서 행복한 웃음소리가 들린다. 그 웃음 속에는 나무의 역사 이야기를 담은 채, 태양을 향하며 죽음과 생명의 의미를 가르쳐 준다.

사람만 물을 마시는 게 아니다. 나무도 뿌리로부터 수분 공급이 이루어져야 생명을 유지할 수 있고 빛을 받아야 동화작용으로 산소를 배출할 수 있음을 알게 한다. 나무가 건강하게 자라야 사람들도 행복해진다는 삶의 철학을 어린 새싹들을 바라보며 생명을 사랑해야 하는 이유를 깨닫는다.

싹터 나오는 새 생명을 대할 때마다 카메라에 담는 마음은 즐겁다. 가꾸고 기르는 정성이 이루어져 잎의 수에서부터 새로움을 배우고, 푸른 숲이 만들어진다는 성공의 길을 터득하며 생명의 소리에 오늘도 조용히 귀를 기울인다.

씨앗에도 마음이 있다.

나무는 얼른 성목으로 자라나 꽃을 피워 열매를 맺고, 씨앗이 떨어져 흙에 묻히고 나면, 다시 싹이 돋아나 빨리 자라서 꽃을 피우고 싶어 한다. 종자의 마음은 사람의 생각과 같다. 탄생의 의미는 오로지 생명을 원할 뿐이다. 생명의 소리는 언제 들어도 아름답다. 천지지간의 모든 만물이 화응和應하는 음향 중에는 생명이 탄생하는 소리를 들을 때가 제일 행복하다. 생명이 있는 모든 자연의 생생生生은 끝없이 이어가는 번식의 사명이며, 명명命命은 책임을 다한 운명에 이름이다. 생명은 탄생과 죽음의 반복으로 늘 변화하면서 자연은 유지되고 있다.

나무나 사람도 성명정性命精으로 살아감이다.

나무는 자연의 근본으로 탄생한다. 나무의 품성은 베풀음의 본성이다. 깨달음의 본연인 대자연의 마음, 하늘의 마음으로 그 명이 다할 때까지 살아간다. 나무의 정신은 죽어서까지 인간에게 자신을 바친다.

나는 나무로부터 그 본성을 배우고, 죽음에 이르기까지 어떻게 살아가야 하는가를 나무의 정신을 담은 한 알의 씨앗으로부터 생명의 소리를 듣는다. 오늘도 푸른 숲속을 거닐며, 인생의 의미를 새롭게 깨닫는다.

씨앗은 생명의 소리를 들려준다.

나무를 심고 가꾸어 천지목天地木 목지인木地人이 이루어 질 때 진정한 아름다운 생명의 소리를 들을 수 있다.

구상나무 암꽃

구상나무 암꽃

독일가문비 암꽃

침엽수의 비밀

●●● 바람꽃이 이는 오월이 오면, 침엽수 암꽃들은 치장을 하고 사랑을 속삭일 숫총각을 기다린다. 행여나 지나칠까 가슴 조이며 아무도 모르게 푸른 잎 사이에 숨어서 애간장을 태운다. 꽃이야 예쁘건 밉건 따질 것 없건만 속절없이 봄날이 간다.

오월이면 침엽수들은 꽃도 꽃이련만 푸른 잎이 이리도 고운가. 속잎이 피어나는 연두색 푸른빛이 봄 햇살에 눈부시도록 아름답다. 잎도 잎 나름이련만, 어이 이렇게도 푸르단 말인가. 언젠가 한번쯤은 변할 법도 한데 사시사철 청청한 구상나무, 전나무, 주목이 그렇고, 소나무, 잣나무, 비자나무, 가문비가 푸른 숲을 이루니 어찌 고고하지 않은가.

침엽수들은 바람을 사랑한다. 바람은 나무의 언어를 듣고 있다가 봄이 오면 나무와 나무를 알게 모르게 중매를 한다. 다른 식물들은 거의가 충매화이건만 침엽수들만은 무슨 연유로 풍매화란 말인가.

어느 봄날이었다. 구상나무, 전나무가 탑처럼 쌓아올린 듯, 피워낸 암꽃의 신비로움을 처음으로 발견했다. 내 나이 일흔이 되어서야 몇 해 전에 처음 보았을 때, 감동에 사로잡혀 보고 또 보아도 이내 발길이 쉽게 돌려지지가 않았다. 어떻게 이리도 꿀벌 집 같이 섬세하고도 세밀하게 균형을 이룬 빗살문처럼 정교하게 만들어 내었을까.

화려한 빛깔은 아니나 이름난 예술가의 솜씨로도 감히 흉내 낼 수가 없을 듯싶다. 이는 분명 미의 극치다. 이 나무들이야 말로 숭고한 문화적 예술을 연년이 전시를 하고 있다고나 할까. 이 아름다운 암꽃의 비밀을 누가 어떻게 분석한단 말인가.

숲만 바라볼 줄 알았지, 한 그루 한 그루 세심하게 관찰을 하지 않은 채 주마간산 격으로 살아왔음을 뒤늦게 깨닫게 되었다.

가을이 되면 나무도 숙연해 보인다. 산길을 걸으면 저녁노을에 불타는 듯 활엽수의 황홀함보다는 묵묵히 자신의 지조를 지키는 푸른 모습은 바라보는 것만으로도 마음이 차분해진다.

소나무, 잣나무, 섬잣나무는 송홧가루 날리는 윤사월이 아니어도 봄날은 어이 두고, 어린 열매를 맺어놓고 또 한 해를 넘겨 이듬해 가을에 익는 솔방울, 잣송이는 어떤 이유에서던가.

잣나무 가지를 잡고 겸손한 마음으로 묻고 또 묻는다.

그러나 구상나무, 전나무는 수정이 되면 당년에 열매를 맺어 결실을 한다. 식물세계는 끝없는 연구의 대상으로 우리에게 고민을 남기고 있다. 그뿐이 아니다. 겨울이면 30~40° 영하의 눈과 바람에도 죽은 듯 서 있다가 봄이면 다시 살아나는 신비의 생명을 이떻게 표현할 수 있을까. 설악산 대청봉의 눈잣나무로부터 고통을 이겨내고 꽃을 피우는 비밀을 간절히 듣고 싶다.

나무도 거목이 되면 웅장하게 보여 한 번 더 쳐다보게 된다. 열매도 많이 맺으면 내 것이 아니어도 흐뭇하게 느껴진다. 성림이 된 나무가 풍성한 결실을 맺고 있는 모습을 바라보는 순간은 사람들의 마음과 생각은 서로가 같으리라. 나무의 삶이나 우리 인생이 살아가는 방법과 무엇이 다르랴.

자연은 게을리 살지 않는다.

인간이 살아가는 군거화일群居和一을 지켜나가듯, 침엽수는 스스로 그러하다. 활엽수들이 살아가기 어려운 건조하고, 척박한 곳이나 높은 산에서 한파를 이겨내고 버티며 생존해간다. 한라산의 비자나무림, 구상나무림, 소백산의 주목군락, 설악산의 눈잣나무 숲이 살아가는 법을 가르쳐주고 있으나 나는 그 깊은 의미를 깨닫지 못하였다.

활엽수 옹이는 쉬 썩어도 침엽수 옹이는 쉽게 썩지 않는다는 것도 왜 모르고 살아왔던가. 사람도 고행을 모르고 편히 살아온 이는 어려움이 닥쳤을 때 이겨내지 못하고 좌절하기가 쉽다.

인간은 자연을 거스르지만 자연은 하늘을 거스르지 않는다. 그러므로 나무는 천년을 아니 수천 년을 살아갈 수가 있고, 죽어서도 썩지 않고 천년을 지탱할 수 있다.

구상나무는 세계적인 한국특산 식물이지만 귀하게 여길 줄을 몰랐다. 귀티가 나는 빗살무늬로 자라는 은빛 기공선을 배경으로 곧게 자라는 모습이 자랑스럽다.

울릉도를 지키는 향나무는 죽어서도 그 본성을 잃지 않고 향내를 지닌다. 솔송나무는 자신을 들어내지 않고 있어도 그 희귀하고 숭고한 아름다움이 귀하다는 걸 알고 있어 돌보게 된다. 어찌 나무마다 귀하지 않은 이름이 없을까만 소나무에 대한 정은 바로 우리의 문화가 깃들어서 친근감이 더한가 보다.

소나무 나뭇가지에 매달린 솔방울을 바라본다. 꼭꼭 닫혀 있던 인편들이 열려 있다. 씨앗이 앙증맞게 생겼다. 작은 씨앗에다 어떻게 날개를 다는 것을 생각하였을까. 씨앗을 보다 멀리 바람에 날려 보내고 싶어서였나 보다. 자연의 이치가 참으로 비밀스럽고도 놀랍다.

나도 이 가을엘랑 푸른 소나무의 기상으로 노래하다 세월이 가고 나면 낙목한천落木寒天 겨울 산자락에 외롭게 서 있는 노송이고 싶다.

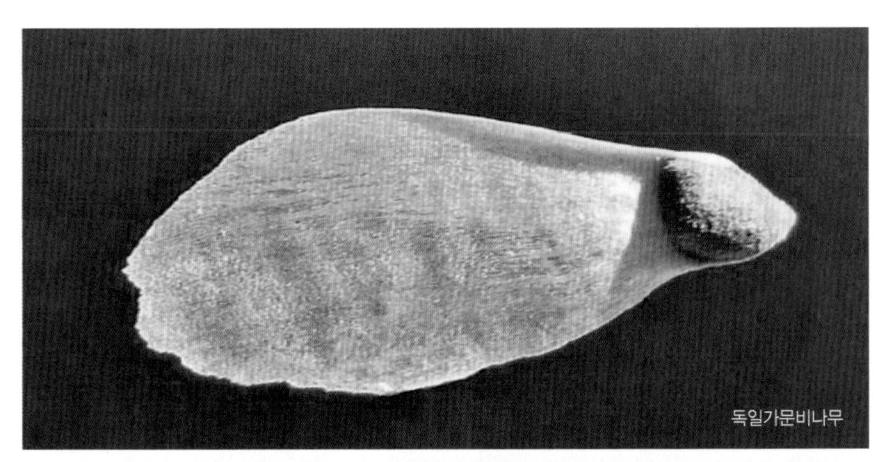
독일가문비나무

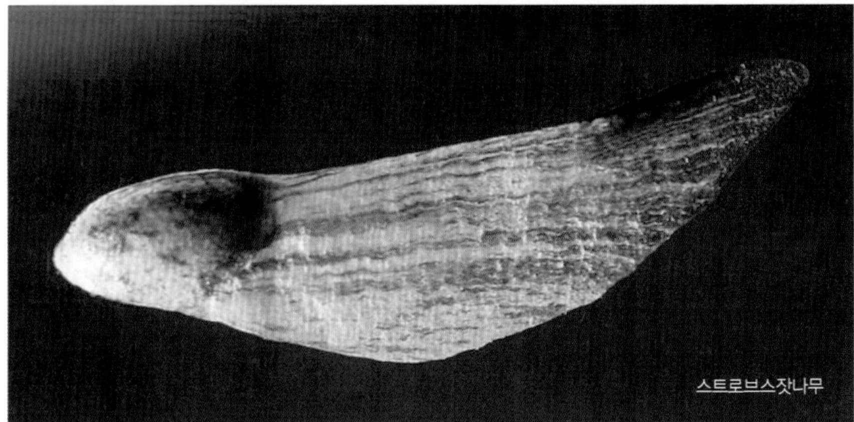
스트로브스잣나무

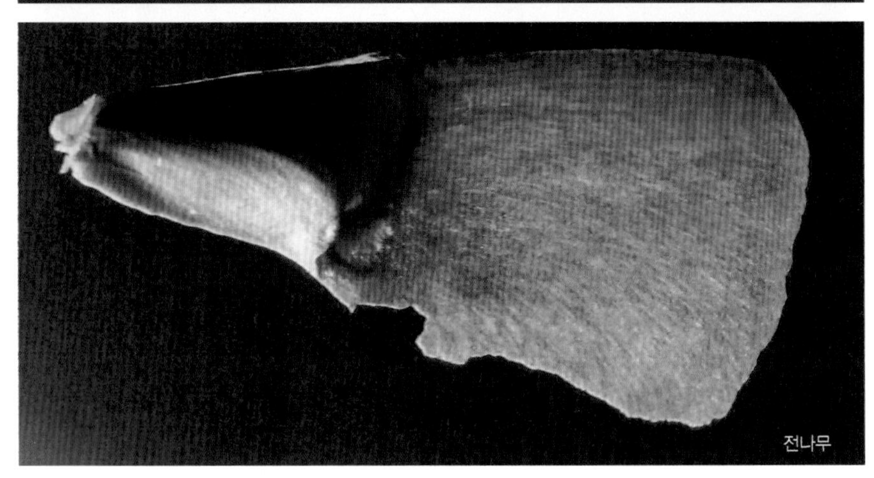
전나무

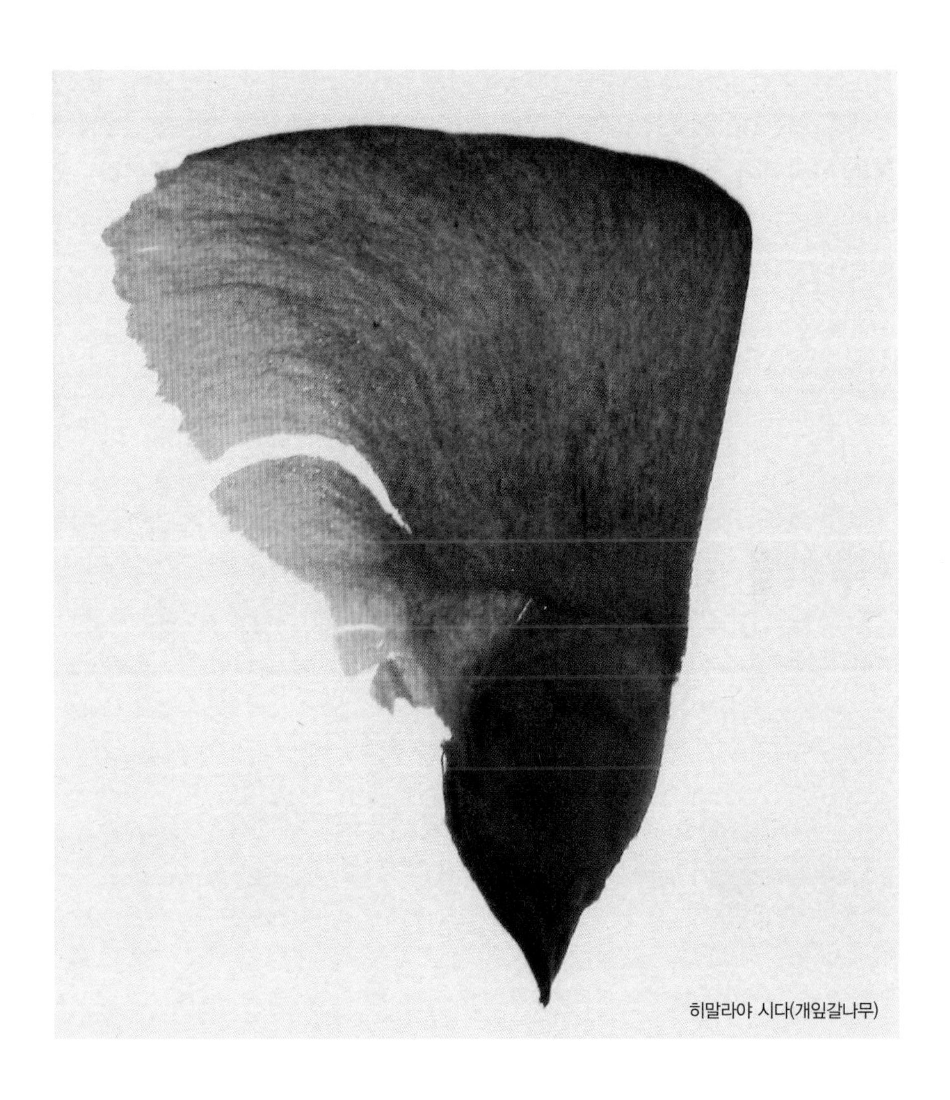
히말라야 시다(개잎갈나무)

종자의 생명

씨앗은 잠자고 있는 생명이다. 모든 식물의 생명은 씨앗 속에 담겨 있다. 씨앗은 생명의 의미를 움트는 생명체로 생명이란 새싹으로 변화의 모습으로 나타낸다.

한 알의 씨앗은 번식과 유전적인 책임을 지니고 있다. 종자는 환경조건에 따라 흙을 만나면 뿌리를 내리게 되고, 줄기는 자라서 잎과 꽃을 피워 열매를 맺는다. 열매는 생명을 번식시키기 위한 수단이다. 열매는 조상의 대를 이어가야 하는 유전적인 계승으로 자연적인 이치를 따르고 있다. 생명이란 바로 세포의 활동인 신진대사新陳代謝의 작용으로 생명은 성장번식으로 이루어간다.

생명의 의미는 어디에 있는 것인가.

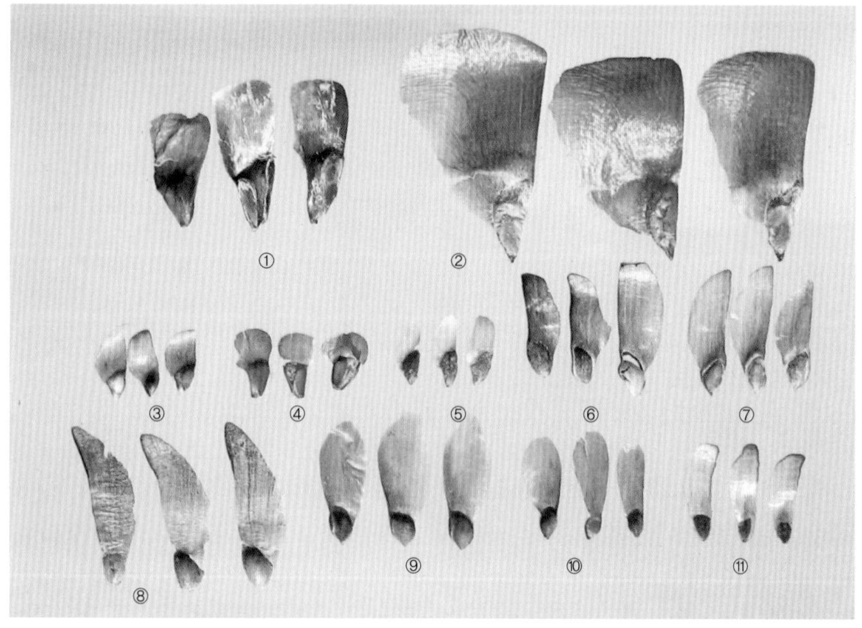

①전나무 ②히말라야시다(Hymalaya cedar) ③낙엽송 ④구상나무 ⑤솔송나무 ⑥곰솔 ⑦소나무 ⑧스트로브스(strobus) 잣나무 ⑨독일가문비 ⑩가문비 ⑪리기다소나무

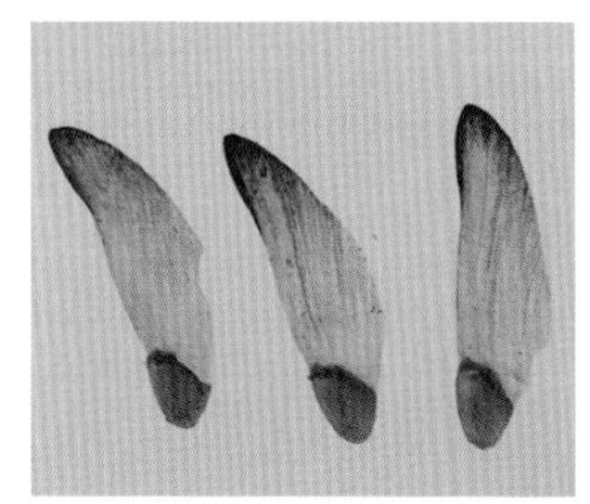

스트로브스(strobus) 잣나무 씨앗

잣나무 씨앗

섬잣나무 씨앗

금송 씨앗

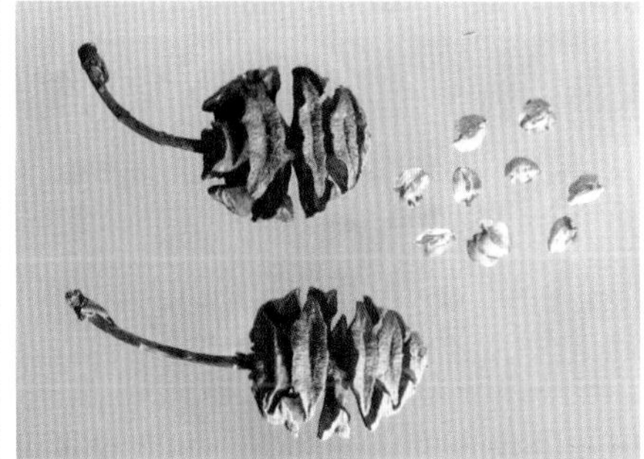

메타세콰이어(Metasequoia) 씨앗

종자의 날개

소나무처럼 솔방울이 달리는 가문비, 독일가문비, 스트로부스잣나무, 낙엽송, 히말라야시다, 구상나무, 분비나무 등은 날개가 확실하게 달려있어 바람을 이용하여 멀리 날아갈 수 있다. 그러나 잣 씨앗은 전혀 날개가 없지만 섬잣, 금송씨앗은 날개깃이 조금 있다. 메타세콰이어 씨앗도 날개깃만 보인다. 씨앗이 가벼워 20m 정도의 높이에서 바람에 멀리까지 비산飛散할 수 있다. 날개가 없는 종자는 동물이나 곤충들에 의하여 이동되어 번식되기도 한다.

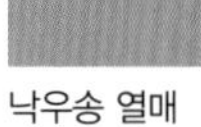

낙우송 열매

익기 전에 반으로 쪼갠 모습으로 열매 속에는 송진이 들어 있다.

낙우송은 열매가 익으면 땅에 떨어지면서 산산조각이 난다. 조각난 혁질 속에는 씨앗이 들어있다. 열매를 반으로 쪼개 보면 열매 속에는 액체의 송진이 들어있다. 송진의 향은 은은하면서도 향긋하며 포근한 느낌을 가져다 준다. 손끝에 묻으면 마찰음이 이루어지는 듯 하면서도 매끈거린다.

아마도 송진은 번식을 위한 곤충들에게 먹이 감이 되게 하거나, 아니면 피해를 막기 위한 침입 방해의 방편인지도 모르겠다.

조각난 낙우송 열매

낙우송 씨앗

전나무 열매는 아래의 사진에서 보는 것처럼 완전히 익으면 인편이 벌어져 씨앗은 바람에 날라 가게 된다. 더러는 열매에 송진이 묻어 인편에 붙은 채 나무 주변에 떨어져 주변에서 발아를 하는 씨앗도 있다. 인편이 모두 떨어지고 나면 열매의 속심만 송곳처럼 남아 있다.

침엽수 중에는 전나무, 구상나무, 분비나무는 열매가 익으면 이와 같은 모양으로 종자를 비산시키고 있다.

전나무 열매의 종자 비산 과정

전나무 열매

인편이 벌어진 모습

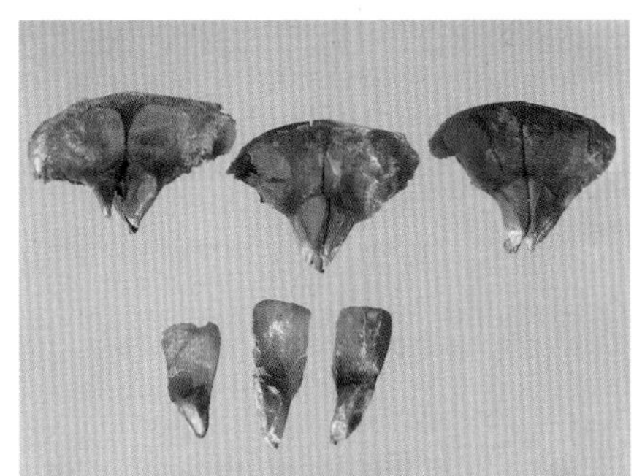
송진이 묻어 인편에 붙어 있는 씨앗

인편이 떨어진 모습

분비나무 열매가 다 떨어지고 종심의 줄기만 남은 모습

열매가 익어 인편이 벌어진 모습

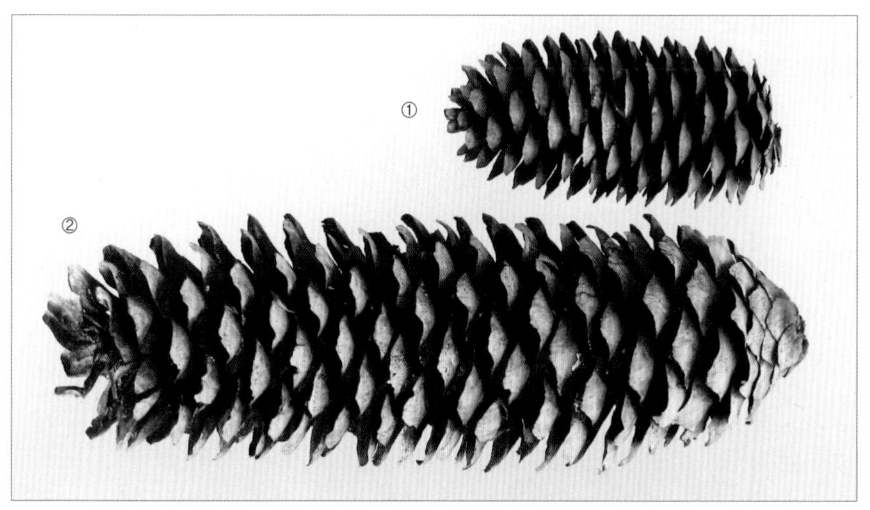

①가문비 ②독일가문비

독일가문비

솔방울 종류

①소나무 ②방크스소나무

①소나무 ②리기다소나무 ③방크스소나무

가을에 솔방울을 따서 햇볕에 두면 마르면서 인편이 벌어지면 씨앗을 채취하게 된다. 그러나 방크스소나무는 인편이 잘 벌어지지를 않는다. 5~6년이 지나도 솔방울 속에서 생명을 유지할 수 있다. 산화가 일어나면 순식간에 불길이 지나가면 그 열기에 인편이 벌어져 씨앗이 흙속에 묻히게 되면 발아를 하게 된다.

종비나무는 인편이 벌어져도 소나무, 리기다소나무 솔방울처럼 인편이 확 벌려지지 않는다.

침엽수의 과육열매

침엽수 중에는 열매가 겉면은 과육으로 되어 있는 나무들도 있다. 이중에는 은행나무, 비자나무, 개비자나무, 주목 열매는 새나 동물의 먹이 감이 되어 번식을 유도하기 위함이다.

이외로, 측백나무, 노간주나무, 향나무 열매도 이와 유사하다. 측백나무 열매는 열매가 익으면 4각으로 갈라져 열매가 쏟아진 후 껍질만 붙어 있다가 서서히 떨어진다.

은행

비자

개비자

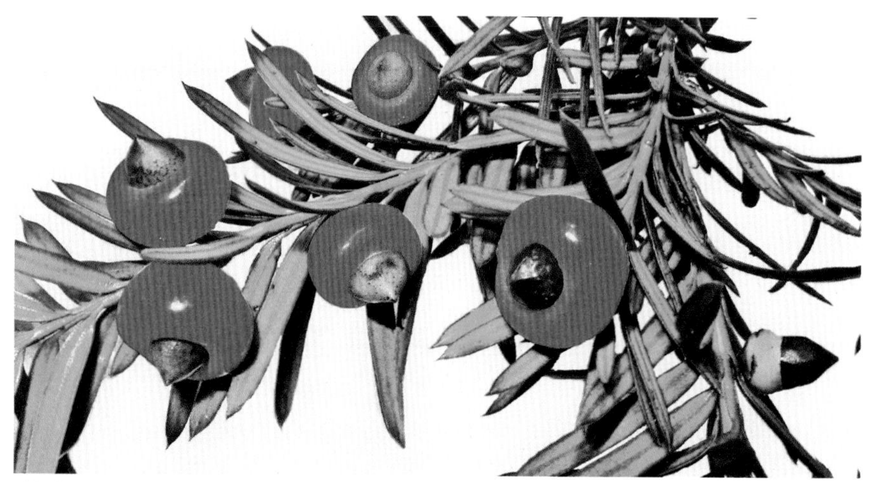
화솔나무 열매

과육을 벗겨낸 개비자나무와 비자나무 종자

9월이 되면 열매가 익어서 땅에 떨어진다. 종자를 발아시키려는 깨끗한 모래에 버무려 건조하지 않게 땅에다 묻어두었다가 이듬해 봄에 파종을 한다.

당년에 발아를 시키려면, 종자의 후숙後熟이 이루어진 1개월 후 쯤 지나서 맑은 물에 5일전 후 침지浸漬를 시켜 파종하면 약 40일전후가 되면 발아를 한다.

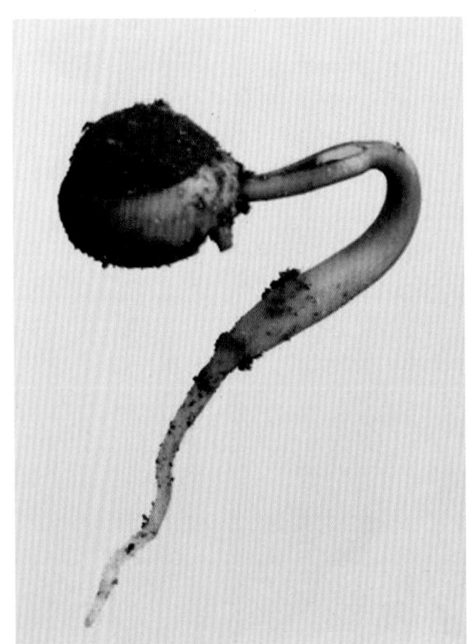

개비자나무 종자 발아하는 모습

개비자나무, 비자나무, 은행나무는 씨앗에서 뿌리가 먼저 나와 자엽으로부터 영양공급을 받으며 뿌리와 줄기 사이에서 생장점으로부터 잎과 줄기가 자라게 된다.

배주胚柱와 배병胚柄 형태

씨앗은 자신의 생명이 탄생됨으로 다른 모든 생명체들에게 서로 이로움을 주고받으며 공생하는 은혜로움의 인자가 아닌가. 씨앗으로부터 뿌리가 나오고 줄기가 자라면 잎을 만들고 성장하면 꽃을 피우는 오묘한 그 원리를 어떻게 터득할 수 있을까.

우리는 이미 생물학 시간에 종자에 대한 지식을 익히 알고 있다.

침엽수의 씨앗은 솔방울 또는 열매에 싸여 있다. 씨앗은 종피種皮에 싸여 있으며 배胚와 배유胚乳로 이루어졌다. 배는 매우 작은 생명체로 배젖에 싸여있다. 배젖은 당분, 지방, 단백질 등을 함유하고 있다. 배젖은 배가 발육하여 생장할 때 필요로 하는 영양분이다.

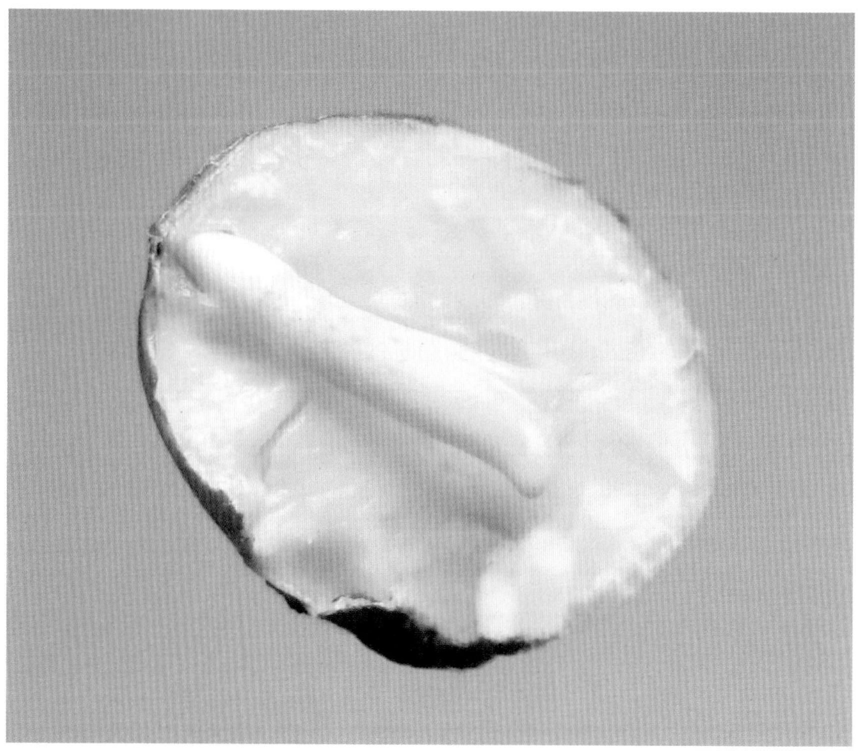

배胚가 자란 배주의 모습과 배유胚乳

배가 자라 배주로 변해 가면서 발아가 되면, 줄기생장의 근간을 이루게 되어 줄기의 역할을 하는 기초를 만들어간다.

잣 씨앗의 배병胚柄

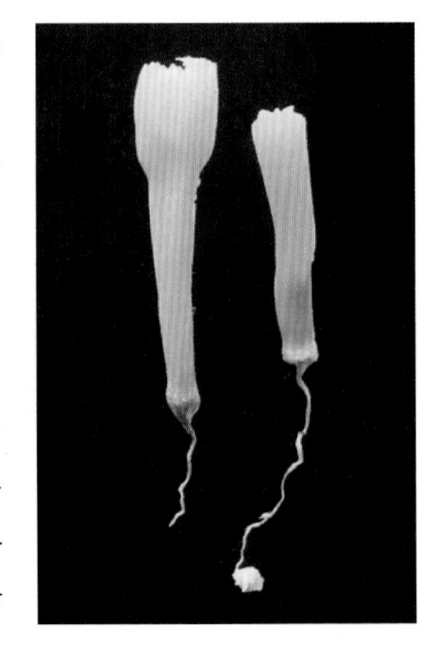

배가 자라는 동안 영양 공급과 탄산가스 배출을 하게 되는 통로이며, 임신한 산모에 비유하면 탯줄과 같은 역할을 하는 끈이다. 모든 종자는 이와 같이 갖추고 있어 생명을 유지하며 번식을 하게 된다.

종자란 무엇인가.

나는 30여 년 동안 종자를 따서 파종을 하고, 나무를 기르는 강의를 하여왔으나 종자를 발아시켜 키울 줄만 알았다. 종자가 갖는 깊은 의미를 생각해 보려 하지는 않았다. 다만 다른 분야의 응용으로 임학적 목적 방향에만 치중했을 뿐이다. 일일이 종자의 개체를 파종하여 자라나는 과정을 눈여겨 살피지 않고 그저 지식에만 의존하는 바람에 생명에 대한 깊은 철학을 느끼지 못하였다.

정년 후 8년 동안 침엽수의 암꽃과 수꽃의 수정으로 성숙되어 가는 종자의 생장 과정을 살펴, 하나의 씨앗이 발아하여 자라는 모습을 다시금 관찰하여 보았다. 그동안 학문적인 깊이보다는 인간생활의 경제성만 높여주는 단순한 가르침이었던 강의를 하여 왔음이 부끄럽다.

씨앗의 발아를 통하여 자라 가는 실제적인 학문적 깊이 있는 종자의 세심한 관찰과 자연철학을 학생들에게 들려주지 못하였음을 깨닫게 되었다.

종자란 무엇인가. 종자는 어떻게 탄생되어 왔으며, 생명이란 의미는 무엇일까. 이런 문제들을 알려면, 최소한 생물학, 과학, 유전공학, 생명공학, 지리학 등으로 연관된 개설로 그 의미를 깨닫게 될 것이다.

한 개의 씨앗이 탄생되기까지는 생물이 생성된 수억 년 전부터 유전적 변화를 이루며, 오늘에 이르게 되었을 것이다. 이후로 어떻게 번식되고, 진화되어 갈 것인가는 아무도 예측할 수가 없다. 단순하게 수꽃과 암꽃이 수정되어 만들어진 모성을 지닌 씨앗이 어떻게 발아되어 자라고 있는가도 확실히 터득하지도 못하였다. 기초적인 씨앗에서 발아되어 성장해 가는 발근發根 과정과 잎의 발생에 대하여 살펴보았다. 그러나 탄생되어 움트는 잎은 처음의 모습인 모성을 닮았을 것으로 믿었는데 그렇지 않음이 당황스러웠다.

침엽수의 잎은 당연히 1잎 2잎 아니면 3개 5개의 잎이 나올 걸로 믿어 왔다. 그러나 씨앗으로부터 발아된 어릴 때의 소나무 잎은 6~8개, 곰솔 6~8개다. 백송 잎은 11~12개, 잣나무 잎은 11~13개, 섬잣나무는 11~13개, 전나무는 5~7개, 개잎갈나무는 10~13개, 독일가문비는 7~8개, 리기다소나무 5~8개, 측백나무는 2개이었다. 삼나무는 3~4잎, 솔송나무는 3~4잎, 구상나무 3~4잎, 낙우송 5~7잎, 메타세콰이어는 2잎으로 탄생하였다.

모두가 모수를 닮아 있지 않았다. 개비자나무와 은행나무는 자엽이 2개다. 종자를 채취한 수목에 따라 발아의 이파리 수는 다소 다를 수 있다.

이와 같은 기초를 소홀히 하고 무작정 앞서 가려만 생각했었다. 침엽수 중에 은행나무, 잣나무, 전나무, 히말라야시다, 낙우송, 매타세콰이어, 스트로브잣나무, 독일가문비나무 화백, 편백나무 등은 30년 전에 직접 나무를 심거나, 학교 실습 묘포장에서 종자를 파종해 길러내어 학내 정원에 식재한 수종들이다. 이 나무에 달린 종자를 채취하여 심고, 길러 잎의 수를 조사하여 보았다.

예전에 전해오는 말에 의하면 은행나무는 본인이 심고 열매는 손자가 딴다고 공손수公孫樹란 이름이 부쳐졌다. 경험으로 수목의 개략적으로 결실 연령을 보면, 은행나무는 15년 전후 이었으며, 낙우송, 메타세콰이어는 25년 정도 걸렸다. 스트로브잣나무, 잣나무는 15년경이면 열매가 달린다. 편백, 화백나무는 7년이면 꽃이 핀다.

침엽수 종자의 발아 모습

침엽의 암꽃 모습

침엽의 암꽃

꽃 끝 부분에 액체를 발산시켜 수꽃가루가 묻도록 한 식물의 계책

은행나무

개비자나무

노간주나무

침엽수는 어떻게 결혼을 하나

활엽수는 벌과 나비를 유인하느라 아름다운 꽃을 피워 향기를 내 뿜으며 꿀샘을 만들어 곤충들에게 양식을 제공한다. 이런 꾀를 부려 수정을 하여 열매를 맺는다. 침엽수는 풍화작용에 의해서 꽃가루받이를 한다고 이미 생물학 시간에 배워서 알고 있는 내용이다. 그러나 그 구체적인 식물이 어떻게 노력을 하는가는 배운 바가 없다.

개비자나무 암꽃

식물은 일년에 한 번밖에 결혼을 할 수가 없다. 금년에 수꽃가루를 만나지 못하면 또 한 해를 기다려야 한다. 침엽수 중에는 암꽃에 등불을 켜 놓은 것처럼액체를 매달고 수꽃가루가 날아오기를 애타게 기다리는 모습을 느낄 수가 있다. 사진에서 보는 것처럼 은행나무 암꽃, 개비자나무 암꽃, 노간주나무 암꽃을 보면 감탄할 일이다. 기다림은 이토록 애절함이 스며난다.

노간주나무 암꽃

잣나무

잣나무 수꽃

잣나무도 결혼을 한다.
사람만 결혼을 하는 게 아니다. 나무도 결혼을 한다.
잣나무는 어떻게 결혼을 하는 걸가.
일반적으로 다른 나무는 꽃을 피워, 곤충들의 먹이를 제공한다.
수꽃은 꽃가루를 주고, 암꽃은 꿀샘을 만들어 꿀을 따가게 한다.
이런 과정에서 벌과 나비는 암꽃과 수꽃을 수정에
이루어지게 하여 열매를 맺게 된다.
그러나 잣나무는 이런 재주가 없다. 대신 바람이 중매 역할을 한다.

잣나무 암꽃(구과화)

잣나무 수꽃은 쉽게 눈에 띄지만, 암꽃은 여간해서 보기가 어렵다.
잣나무는 꽃이 핀다 해도 푸른빛에 가려져 잘 보이지가 않는다.
더군다나 잣나무 키가 10여 미터의 꼭대기인 새순에서만 꽃이 핀다. 이러기 때문에 관심을 두고 바라보기 전에는 여간해서 발견하기가 쉽지가 않다.

수정이 되고 나면 고기의 비늘처럼 생긴 인편(鱗片)이 형성되어 잣 송아리의 형태가 이루어진다.

어린 잣송이는 5월부터 12월까지 한 해 동안 자란 잣방울이다.
이 열매는 내년 10월까지 자라면 완전한 잣송이가 된다.

설악산 자생 잣나무

잣나무 열매는 2년 동안 자라 결실이 된다.
잣송이는 금년 5월에 수정되어 11월까지 자란 열매다.

2년간 자란 잣송이

잣나무 줄기 꼭대기에는 암꽃이 피어 있다. 수정이 되면 작은 잣방울로 자라게 된다.
그 아래의 잣송이는 지난해에 맺어서 금년 봄이 오면서 현재(6월 6일)까지 커온 열매이다.

잣송이가 성숙이 되기도 전에 얄미운 청설모가 껍질을 갉아내어 잣알맹이를 까먹고 있다. 사람도 잣알이 여물었는지를 모르는데 어떻게 미리 알아냈을까. 잣나무는 어떤 마음일까. (7월 20일 사진)

●●● 잣나무는 입으로 직접 말하지 않고, 사전에 몸과 마음으로 아픔을 표현한다. 이런 슬픔들을 많이 겪어 왔기에 이를 미리 방어하여 왔다. 잣나무는 잣송이의 겉에다 끈적끈적한 송진을 배출하여 인편에다 발라놓았다. 멋모르고 잣송이를 만졌다가는 손에 송진이 묻어 검은 살결이 되어 보기가 흉하다. 비누칠을 하고 물에다 깨끗이 씻어도 쉽게 닦이질 않고 끈적거려 불편하다. 다시는 만지지 못하게 방해를 주는 셈이다. 언젠가 산림청에 근무하던 직원으로부터 들은 이야기다. 강원도에 있는 국유림내의 잣나무에 달린 잣송이를 쉬운 방법으로 수확을 할 수가 없을

청설모가 잣알맹이를 알뜰하게 까먹고 잣송이의 속살만 남아 있다.

까 하고 중지를 모았단다. 이때 나무를 잘 타는 원숭이를 이용하면 되겠다는 궁리를 세웠다. 사람들의 생각과는 다르게 원숭이도 잣송이로부터 발에 송진이 묻어 따지를 않더라고 하여 의견을 나눈 적이 있다.

임업중부지장에서는 한때 잣나무의 수고를 낮게 하여 잣을 쉽게 딸 수 있는 방법을 연구하였다. 잣나무의 특징은 중지의 상순에서만 열매를 맺는다. 어떻게 하면 키를 낮게 사방으로 퍼지는 가지 끝에 열매를 맺게 할까. 꾀를 부렸다. 중앙의 주지를 자르는(頭木更新) 연구를 시도하였다. 그렇지만 잣나무는 우리가 생각한 뜻대로 따라주지를 않아 큰 성과를 이루지 못하고 말았다. 하나만 알지 둘은 생각하지 않았다.

나무의 가치는 경제적으로 열매 생산의 목적도 있지만, 목재 생산의 가치를 지니고 있다. 또한 토양 보존과 풍치 조성의 가치를 따지지 않을 수 없다. 어느 쪽이 경제적 이용가치가 높은가에 그 의미를 두게 된다. 사람이 살아가는데 얕은꾀는 항상 일시적일 뿐이다.

산을 갖고 있는 사람은 잣나무를 심을 때, 잣 생산을 위한 나무로만 생각을 하며 심는 경우도 있다. 이런 뜻을 두었다면 아예 어릴 때부터 주지를 잘라 많은 가지를 내어 높게 자라지 못하게 만들면 잣을 생산하기가 훨씬 쉬울 것이다. 그러나 수형을 만들려면 기술적인 노동력과 많은 예산이 뒷받침 되어야 한다. 잣 생산을 하려다가 수지균형을 따져 보면 배보다 배꼽이 더 클 것이다. 이런 점에서 아직까지는 아무도 실행을 하여 본 산주山主는 없다.

잣나무는 50년을 바라보며 후손을 위해 심는 나무이다. 본성 그대로 자라게 두어 열매도 따고 재목이 되게 하는 나무이다.

잣송이에 알맹이가 막혀 있는 모습

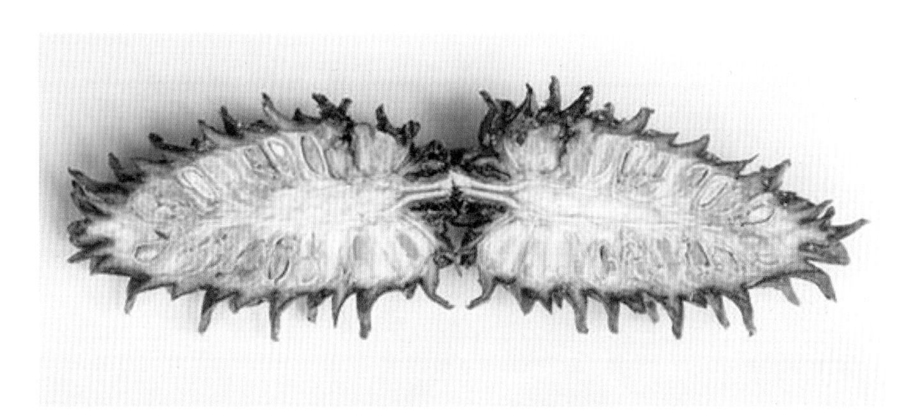

7월 20일 잣송이를 따서 반으로 갈라보니 잣알맹이가 꽉 차 있다.
어떤 것은 아직 속이 덜 차 있는 것도 있다.
잣송이라 해도 이 속에서 있는 알맹이는 똑같이 자라지 않음을 알게 된다.
잣 씨앗을 파종하였을 적에도 발아하는 기간이 서로 다른 이유도
배의 성장과정이 차이가 있기 때문임을 깨닫게 한다.

2년간 자란 잣송이

아직 덜 자란 잣(7월 20일)
배아가 완전히 자라지 않아
발아가 어렵다.

완전히 자란 잣(10월)
배가 완숙하여 발아를 할 수 있다.

잣나무 배아기胚芽期

배의 형성은 씨방에서 이루어진다. 배의 분화로부터 장차 잣나무가 될 배아는 떡잎, 씨눈줄기, 어린눈, 어린뿌리의 부분으로 자라나게 된다.

씨앗은 배아기에 있다가 발아의 조건(온도, 수분, 산소)이 맞으면 싹이 틀 준비를 한다.

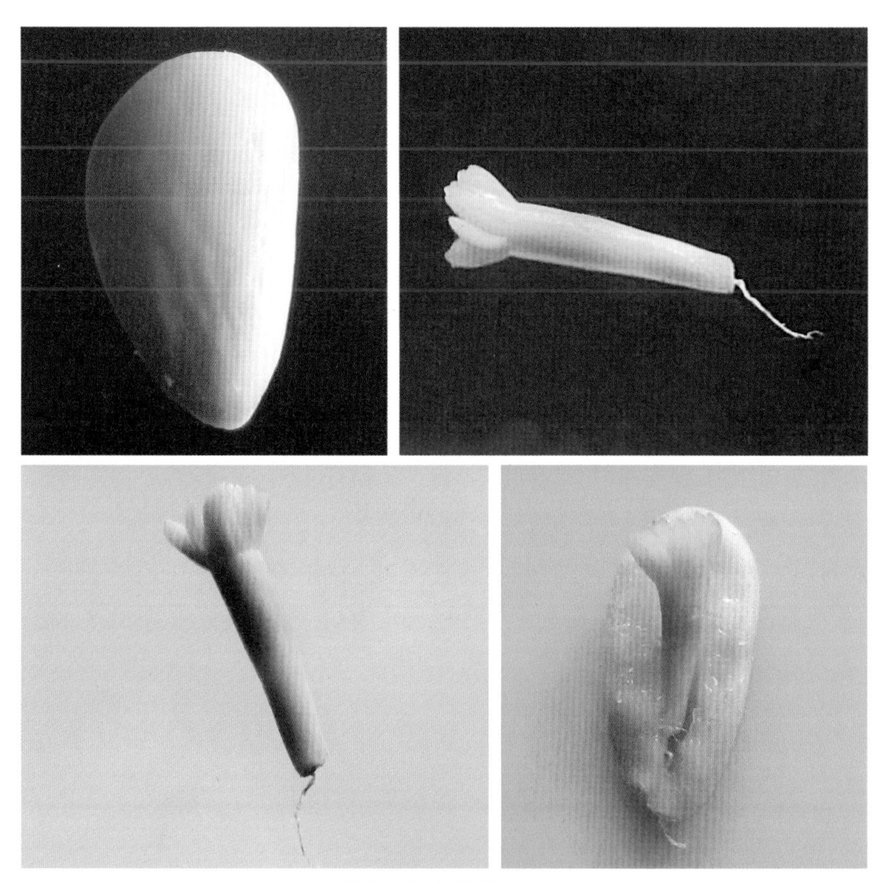

잣나무 씨앗의 배아기胚芽期

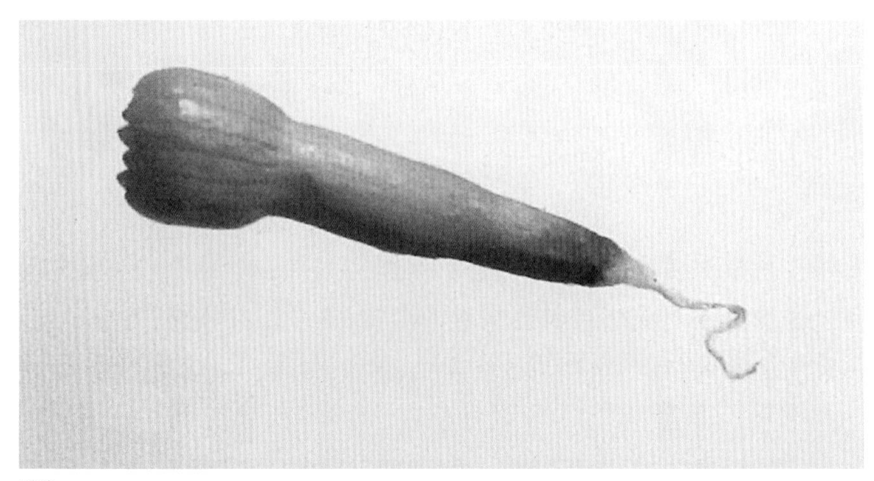

배병胚柄

한 그루의 잣나무가 이루어지려면 잣송이에서부터 성숙한 1개의 잣알로 분리되어 나온 후, 배아가 자라서 발아하기까지는 약 3개월 정도가 걸린다.

위의 사진은 잣 씨앗 속에서 배아가 자라서 발아의 시기를 기다리는 직전의 형태이다.

윗부분은 잣나무 잎으로 성장하려는 모습이다. 생장의 초기부터 잎이 되려고 갈라져 있다.

마치 어머니 뱃속에서 애기가 자라는 모습이나 똑 같다. 중간의 파란색 부분은 발아가 되면 나무줄기로 커나갈 위치이다.

사진 맨 아래의 실처럼 늘어져 있는 것이 배병이다. 이는 아기의 탯줄이나 똑같은 역할을 한다. 줄기에 배병胚柄이 붙어 있는 부분이 뿌리로 자라날 생장점이다.

잣나무 배꼽(臍)

잣나무 배꼽은 어떻게 생겼을까.

씨앗에도 배꼽이 있다. 배꼽은 배병으로부터 모든 영양분을 공급받고, 이산화탄소를 배출한 기관이 떨어져나간 부분이다.

쌍떡잎식물의 배꼽은 꼭지가 붙은 반대편의 꽃이 떨어진 부분이다. 나자식물은 겉에서는 보이지 않는다. 침엽수의 경우는 대부분이 암꽃화서가 익으면서 부드러운 연질의 인편은 익어가면서 점점 여러 가지 둥근형으로 자라면서 구형이나 원추형으로 된 열매가 된다. 솔방울은 조각조각 붙어 있는 목질화된 조각을 인편鱗片이라고 한다. 이 인편 사이에는 종자가 들어 있다.

수목학에서는 솔방울의 인편 끝부분마다 배꼽 같은 흔적을 식물 식별할 때 이를 배꼽(臍)이라고 부른다. 그러나 실제의 배꼽은 씨앗부분 속에 있다. 식물의 배병이 뿌리가 자라나면서 씨껍질로 나오는 순간에 저절로 끊어

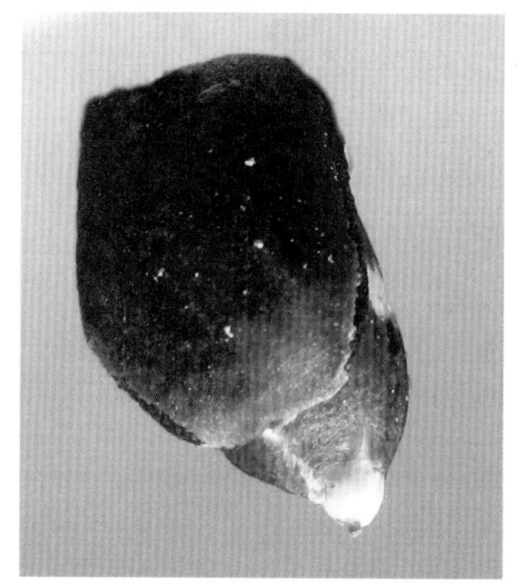

상단 부분의 끝이 톡 튀어나온 곳이 배병이 끊겨 나온 자리로 배꼽이다.

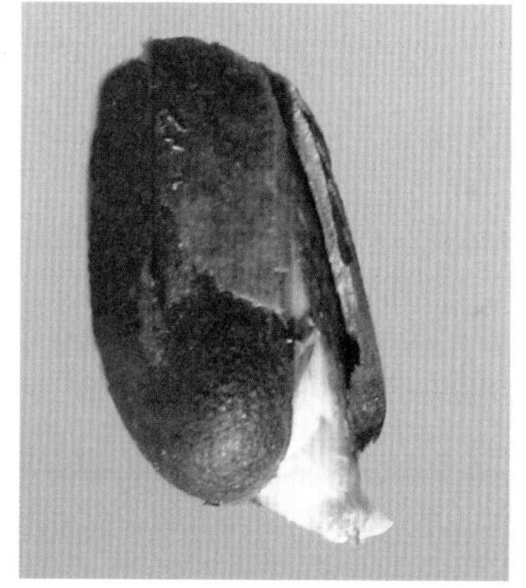

배꼽 옆으로 뿌리생장점이 자라나오고 있다.

져 상처가 아물게 되어 배꼽이 된다.

사람의 배꼽도 이렇게 만들어진다.

식물의 경우와 다르지 않다. 아기가 태어나면 태반에 연결되어 있는 탯줄을 배에서 4cm 정도 떨어진 부근에서 자르고, 남은 부분을 묶어 놓는다. 어느 정도의 기간이 지나면 남겨진 탯줄이 말라 배에서 저절로 떨어져 나가면 남은 부분이 배꼽이 된다. 사람의 배꼽은 이렇게 해서 만들어진다.

잣씨에서 발아되어 뿌리가 돋아나와 자란 모습이다. 씨껍질과 뿌리 사이의 검은 점이 배꼽이다. 잣나무의 어릴 때 배꼽을 훔쳐보는 순간은 왜 이렇게 즐거운가. 사람의 생명을 연장시키는 배아줄기 연구도 바로 이와 같은 방법에서 시작된 것이다.

잣나무의 뿌리

용비어천가가 생각난다.

'뿌리 깊은 나무는 바람에 아니 흔들려서 꽃 좋고 열매 많으니, 샘이 깊은 물은 가뭄에도 아니 그쳐서, 내川가 되어 바다에 가노니.'

나무는 뿌리가 튼튼해야 잘 지탱할 수 있으며, 무럭무럭 자랄 수 있다. 그만큼 나무에 있어서 뿌리는 중요하다. 사람도 마찬가지다. 근본根本이 없는 사람은 똑바르게 자라기가 어렵다. 본 바탕이 서 있고 그 위에다 꿈과 희망을 쌓아나갈 적에 뜻한 바를 이룰 수 있게 된다.

뿌리는 어떻게 자라는가

잣나무 씨앗은 일반적으로 봄에 파종을 한다. 잣나무 씨앗은 껍질이 단단하여 파종하기 3개월 정도 미리 모래에다 묻어 둔다. 그렇지 않으면 씨뿌리기 전에 깨끗한 물에 1주일 정도 담가 둔다.

이때 2회 정도 맑은 물로 바꿔 준다. 며칠이 지나도 물속으로 가라앉지 않는 씨앗은 쭉정이다. 이런 씨는 건져낸다. 씨껍질이 충분한 수분을 흡수하게 된 후 파종을 하면 보통 40일 전후에 발아를 하게 된다. 어떤 씨앗은 30일

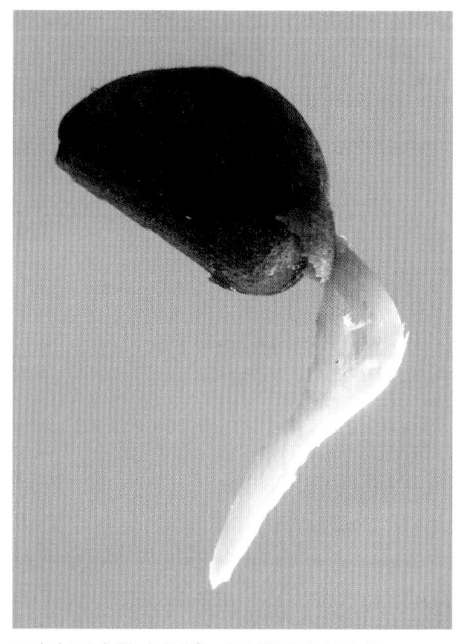

7일간 물에 침지과정을 거쳐 발아를 시켰다.

이 되기 전에 발아를 하는 경우도 있다. 이런 과정을 거치지 않고 씨를 뿌리면 약 3개월이 걸려 발아를 하게 된다.

뿌리는 어떤 일을 하는가

씨에서 뿌리가 나올 때 땅속으로 바르게 자라 줄기로 고정시킨다. 또한 수분과, 토양 속의 무기염류를 흡수하며 양분을 저장한다. 1차 뿌리가 완전히 자라면 2차로 실뿌리가 자라나기 시작한다.

이 사진은 종자 발아 촉진의 변화를 관찰해보려 종피의 반을 깨고 수분을 빨리 흡수시켜 보았다. 그 결과 다른 씨앗보다도 3주 정도 더 빨리 발아를 하였다. 일반 잣 씨앗 같으면 3개월 이상 걸려야 발아를 하게 되지만, 종피를 반으로 깨었을 때 1개월이면 발아(뿌리의 촉이 나오기 시작함)를 시작하였다. 씨앗이 발아를 하게 될 때에 온도도 중요하지만 수분이 종자 발아에 큰 영향을 끼친다는 것을 알게 되었다.

이 씨앗은(발아사진 1번)은 잎이 나올 지점에 상처를 받아 부패되어 뿌리가 채 자라나기도 전에 잎이 동시에 나오게 된 현상이다. 그 옆(상처받은 잎 사진 2번) 모습은 10일 후에 찍은 사진으로 뿌리줄기나 잎줄기가 비슷하게

아픈 씨앗 (1번)

상처받은 잎(2번)

상처받은 씨가 발아하여 생장하는 모습

자랐다. 일반적으로 뿌리가 나온 20일 전후가 되어야 씨껍질 속에서 잎이 나오기 시작한다.

인류의 모든 생물은 갖은 고통을 받아가며 생명을 이어가고 있다. 외부로부터 병원균이 침입하거나 상처를 받아 피해를 받는다. 잣 씨앗도 발아하기 전에 잎이 나올 부분에 곰팡이가 침입하여 끝부분이 썩어갔다. 이 바람에 뿌리가 생장하여 자라기도 전에 줄기생장이 동시에 이루어졌다. 씨앗은 미리 알아차렸나 보다. 얼른 뿌리를 땅에다 박고 잎이 나서 크고 싶었던 것이 아닐까.

곰팡이로부터 상처를 받아 자란 모습은 안타깝게도 잎 끝이 잘려간 몽당발이 잎이 되고 말았다. 잎 끝으로 배유를 흡수함으로 뿌리도 줄기도 생장하여 자랄 텐데 영양공급이 끊어지게 된 셈이다. 더 이상 자랄 수가 없다. 이 잣나무의 생명은 여기까지가 끝이다. 이제부터 죽음에 이르는 슬픔을 느낄 수밖에 없다. 어쩌면 잎을 수술을 받을 수 있다면 생명을 유지할 수가 있겠지…. 아! 가련하다.

씨껍질을 벗기 전의 모습으로 아직은 잎을 볼 수가 없다.

잣나무 유묘 솜털뿌리

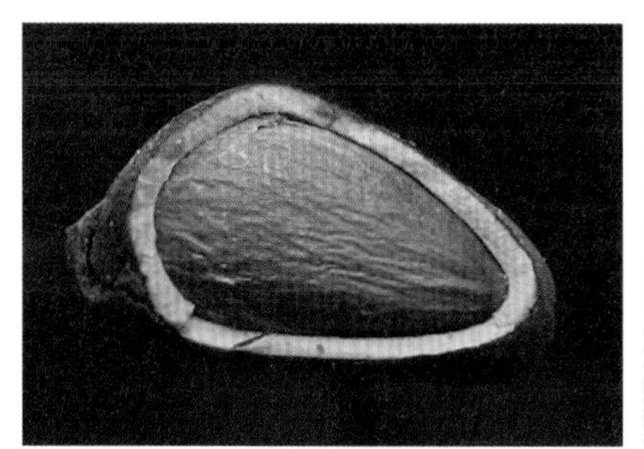

잣 겉껍질을 깨면 속에는
또 이렇게 얇은 막으로 싸여 있다.

5일간 물에 침지하였더니 수분을 흡수하여
씨앗은 팽창되어 겉면의 얇은 막이 갈라지고 있다.

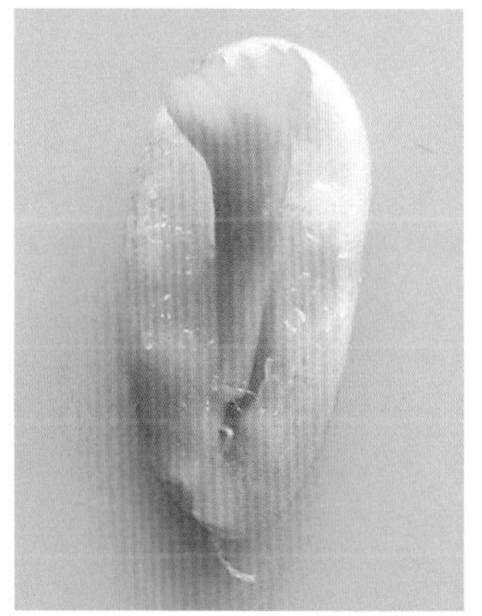

물에 침지 후, 20일 정도 지나면 배는
이렇게 자라서 발아 준비를 서두르고
있다.

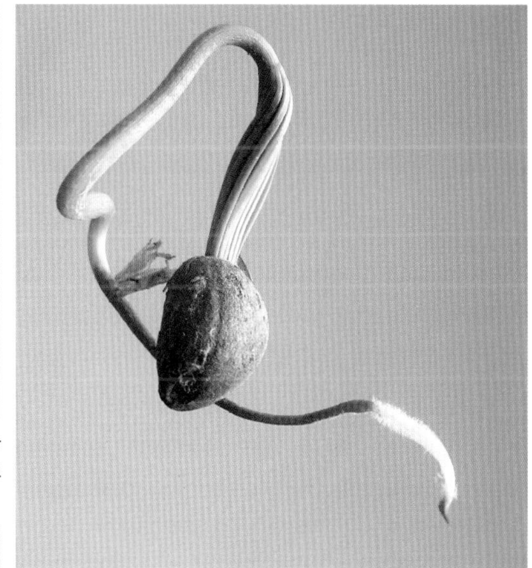

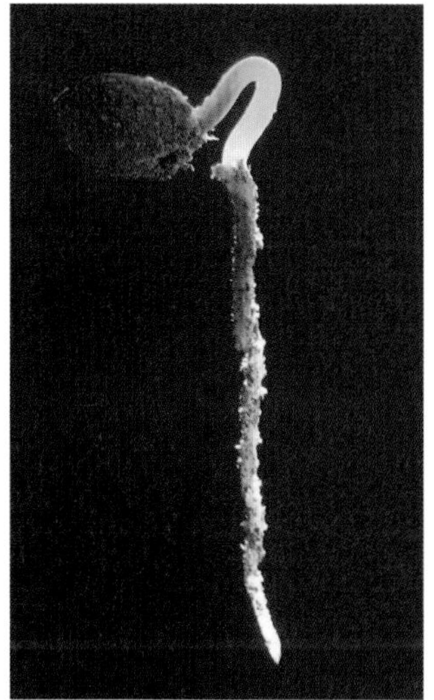

흙속에 묻었을 적에 40일 전후가 되면
뿌리가 먼저 성장한다.

속잎생장 : 11개 잎에서 4개의 속잎이 발생하고 있다.

잣이 발아하여 생장하는 모습

뿌리생장이 거의 이루어지게 되면서 잎이 나오게 된다.

유배가 자라고, 봉합선이 열리면서 잎이 나온다. 잣나무 유아 잎은 11~13개다.

광릉 수목원 – 어릴 때부터 잔가지를 자를 적에 지피융기선으로 잘라주어 옹이가 생긴 부분을 찾아보기가 어렵다. 기밀다운 잣나무의 우람한 모습에 고개가 절로 숙여진다.

잣나무

암꽃이 수정 후 성장한 모습

●●● 소슬바람 따라 산을 오르다보면 솔향기가 그윽하다. 송무백열松茂栢悅이라고, 소나무가 무성하면 잣나무도 기쁘다니 어느새 마음도

즐겁다. 누가 한 말인지는 모르나 표현이 정답다. 이웃이 잘되면 자신도 즐겁다는 의미다. 어딘가 모르게 편안하게 느껴져 듣기조차 흐뭇하다. 이보다 더 좋은 말이 그리 많던가. 곧고 늠름하게 자라는 잣나무가 사시사철 변함없이 푸르러 멋스럽다.

시경에 보면 백주柏舟란 시가 있다. 공강이란 여인은 청상과부가 되었을 때 어머니는 딸을 위해 재가할 것을 바랬지만, 딸은 정조와 굳은 정절을 지키느라 재혼을 하지 않았다. 그 마음을 잣나무로 만든 배에 비유하여 시를 남김에 백주지조栢舟之操란 고사성어가 되었다. 이의 연후로 예로부터 잣나무는 절개를 지키는 상징의 나무로 알려져 오고 있다.

조선시대 세한도歲寒圖를 그려 제자에게 주었던 추사秋史의 깊은 뜻도 조금은 이해될 듯싶다. 어려운 처지의 스승에 대한 의리를 지킨 제자 이상적李尙迪의 인품을, 겨울에도 청아함을 지니고 있는 소나무와 잣나무의 지조에 비유하여 그려주었음일 게다.

오늘의 어려운 세파에 사는 사람들에게 지조와 절의가 어떤 것인가를 잣나무와 소나무로부터 배웠으면 싶다. 잣나무가 그 뜻을 모습으로 가르쳐 줌에 더욱 사랑스럽다. 많은 나무 중에서도 추운 겨울이 되면 모든 식물들은 낙엽이 지지만 오직 잣나무와 소나무만은 상록수로 청청한 빛깔을 잃지 않는다. 변함없는 올곧음도 풍치다. 세한도는 예술적 그림 이전에 잣나무와 소나무의 기상을 인품으로 의인화하여 남다른 사제 간의 정을 담아 사유를 은근히 들려줌이 숭고하다.

논어 자한子罕 편의 세한연후지 송백지후조歲寒然後知 松栢之後凋 내용을 인용하였음은 오늘날 세인들의 가슴에 오래 머물게 하고 있다. 공자가 표현하였듯이, 한겨울 추위가 지난 뒤에야 소나무 잣나무가 시들지 않음을 안다. 송백은 사철을 통해 시들지 않는 것이라면, 세한 이전에도 하나의 송백이요, 세한 이후에도 하나의 송백이다. 성인이 특히 세한을 당한 이후를 칭찬하였다. 추사는 이상적을 두고 이렇게 표현을 하였다.

'지금 군이 나에게 대해 앞이라고 더한 것도 없고 뒤라고 덜한 바도 없으니, 세한 이전의 군은 칭찬할 것 없거니와, 세한 이후의 군은 또한 성인에게 칭찬을 받을 만한 것이 아니겠는가.' 귀양살이를 하고 있는 추사의 심정이야 말로 초라한 자신을 찾아주는 제자가 그지없이 고맙지 않을 수 없다. 사철 푸른 잣나무와 소나무에 비유하여 그림으로 표현하였던 사제간의 정리가 잣나무의 향기처럼 은은하게 스며난다.

잣나무의 잎을 한 잎 따서 가만히 손바닥 위에 올려놓고 펼쳐본다. 다섯 잎이다. 평소 사람이 살아가는데 지녀야 할 오상五常을 떠올려 주고 있다. 열매를 맺어 베푸니 인이요, 올곧게 한 방향으로 자람을 담고 있어 예요, 죽어서도 목재로 남아 이용케 함이니 지요, 항상 푸르름을 지니고 있어 변함이 없어 신이다. 어찌 인의예지신을 잊고 살랴.

불교 교리에서는 뜰 앞에 잣나무庭前栢樹子라는 화두가 있다.

이는 중국의 선승 조주스님의 화두에서 비롯된 것이라 한다. 어떤 스님이 "달마 대사가 서쪽에서 가져온 그 법이 무엇입니까" 물으니, 조주스님은 "뜰 앞의 잣나무니라."고 엉뚱하게 답을 하였단다.

설두스님이 공부하러 다닐 때의 일이란다. 어느 절에서 한 도반과 '뜰 앞의 잣나무'라는 화두에 대해 이야기하고 있었다. 한참 대화를 나누다가 문득 옆을 보니 심부름하는 행자가 빙긋이 웃고 있었다. 손님이 떠나간 후에 행자를 불렀다.

"이놈아, 스님 네들 법담을 하는 데 왜 웃었느냐"

"허허, 눈이 멀었습니다. 정전백수자는 그런 것이 아니니, 내 말을 들어 보십시오.

흰 토끼가 몸을 비켜 옛 길을 가니. 눈 푸른 매가 언 듯 보고 토끼를 낚아가네. 뒤쫓아 온 사냥개는 이것을 모르고 공연히 나무만 안고 빙빙 도는 두다(白兎横身當古路 蒼鷹一見便生擒, 後來獵犬無靈性, 空向古椿下處尋).

뜰 앞의 '잣나무'라 할 때 그 뜻을 비유하자면 토끼에 있지 잣나무에 있는 것이 아닙니다. 그래서 마음의 눈을 뜬 매는 토끼를 잡아가 버리고, 멍텅구리 개는 잣나무라고 하니 나무만 안고 빙빙 돌고 있다는 것입니다."

어찌 오늘을 살아가는 화두는 없을 손가. 산사태와 홍수는 어떻게 막고 잘살 수 있을 것인가. 라고 사람들이 물으니 어느 학자가 산중에 잣나무라(山中栢樹) 대답하였다.

한때는 산사태와 홍수를 막고 가난을 면하여 잘살아보자고 온 산천에다 잣나무를 심었다.

산이 푸르고 잣도 따고 건강에 좋다고 야단들이더니 어느 한 해는 폭우가 쏟아져 잣나무 조림지가 산사태가 났다. 나무뿌리가 뽑히고 부러져 안타깝게도 가옥을 덮쳤다. 피해를 보고난 후에서 나무뿌리가 얕게 뻗어서 그렇다고 원인은 따지지 않고 잣나무에다 책임을 떠밀었다. 잣나무가 하는 말이 '사람들의 사고가 참으로 가소롭다.' 하더라.

개비자나무

개비자의 열매

●●● 개비자나무는 1속 1종이 우리나라에서 자라고 있다. 그러나 분류학적으로는 개비자나무와 눈개비자나무로 나누고 있다. 개비자나무는 개비자나무과로 한반도 특산종이다. 자웅이화로 암나무와 수나무가 따로 되어 있다.

상록관목으로 키는 3m이하로 자라며 습윤한 음지에서 잘 견디며 산다. 주로 중부인 경기도, 충청도 산 계곡의 습기가 많은 곳에서 자라는 침엽수로 거의가 땅바닥에서 옆으로 누운 듯이 가지를 뻗어가며 아담하게 자란다. 키가 낮아 참나무가 서 있는 돌서덜 주변의 그늘에서 잘 생명을 유지하며 살아간다. 다른 나무들에 비하여 내음력耐陰力이 아주 강한 편이다.

식물은 빛을 많이 받아야 건강하게 생장할 텐데 개비자나무만은 그렇지가 않다. 어찌 보면 욕심내지 않고 나무답게 오래 살아가는 생명을 지키며 사는 철학을 가르쳐 주는 듯하다. 키가 작다고 어떤 나무도 아무렇게나 깔볼 수 없는 늘 푸르름의 당당한 위용이 자랑스럽다.

잎은 바늘잎으로 빗살무늬로 마주 난다. 선형線形 잎으로 약간 넓은 편이며, 앞면의 중앙은 도도록하게 반원형을 느끼게 한다. 뒷면의 중앙에는 녹색 선을 나타내며 중심의 양편으로는 백색 기공선으로 되어 있다. 끝이 뾰족하여 찌를 듯이 억세게 느껴지지만 손으로 만져보면 그렇지 않다. 그래도 부드럽다. 벋어나간 줄기의 푸른 잎은 마치 커다란 참빗을 연상시킨다. 어릴 적에 보던 머리빗을 닮았다. 식물채집을 할 때면 잎이 쫙 펴져서 관리하기는 편하다. 반면에 잎이 두꺼워 쉽게 마르지를 않아 다른 잎들보다도 더 많은 시간이 소요된다.

이 나무는 단성화로 암꽃은 사월에 연한 연두색으로 핀다. 수꽃은 동글동글하게 잎의 겨드랑이에서 두 줄로 조르륵 연갈색으로 매달린다. 꽃은 잎의 뒷면에 숨겨 있어 위에서는 잘 보이질 않는다. 암꽃은 가지 끝의 한 군데서 여러 개씩 달려서 피고 있다. 때로는 새로 자란 중간의 마디부분에서도 달린다. 줄기 끝에는 지난해 맺은 작은 열매가 자라고 있다. 여러 개의 뾰족한 녹색 포苞에 싸여 있다. 밑씨는 한 꽃에 대여섯 개씩 송아리처럼 되어 있다. 수정이 된 열매는 이듬해 늦은 여름이 지나면 약간 잘쭉하면서도 동그란 포도 알처럼 과육으로 붉게 익는다. 마치 발그레한 사과빛이다. 열매의 크기는 작은 개살구만할 정도이다.

개비자나무 열매는 떫은 맛이다. 그러나 눈개비자는 따서 먹으면 달착지근하여 먹을 수 있다. 이처럼 맛으로도 분류가 가능하기도 한다.

개비자나무는 암수가 다르나, 일본 식물분류 학자(中井猛之進)와 미국 학자 사이에는 이견이 있다. 미국 식물분류학자의 학설은 개비자나무는 수나무이고, 눈개비자나무는 암수라고 하였다. 그러나 일본의 나까이 씨는 그렇지 않다고 주장하였다.

일본 구주 동북지방에 분포하여 있는 개비자나무는 소교목으로 자라고 직경도 굵게 자란다. 눈개비자나무는 개비자나무에 비하여 땅으로 뻗어나가는 줄기를 가지고 있으며, 길게 땅으로 눕혀 자라고 군데군데 뿌리로부터 줄기를 뻗어낸다. 눈개비자나무도 암수가 따로 있다고 하였다.

정태현교수 도감에도 위의 내용으로 발표되어 있다. 그러나 이창복 교수 도감에는 뿌리에서 맹아가 돋는 것은 눈개비자나무의 암나무 특성인 것 같다고 하였다.

개비자나무와 눈개비자나무의 암수를 확실하게 조사하여 규명할 필요가 있다. 개비자나무는 작은 관목형으로 눈개비자나무와의 구분이 애매하여 어렵다. 눈개비자나무는 누운 채로 옆으로 자라는 습성이 다분하여 줄기를 잡고 흔들어 보면 힘이 없어 건드렁 건드렁 잘 흔들린다.

개비자나무는 겉모습이 비자나무와 비슷해 붙여진 이름으로 비자榧子라는 이름은 잎의 배열 모양이 한자의 아닐 비非를 닮은 것에서 유래했다고 전하기도 한다. 그러나 비자나무에 비해 키가 아주 작게 자라고 있어 개자를 더 붙여 비자나무와 구분을 하고 있다. 개비자나무와 비자나무는 어릴 적에는 얼핏 보아서는 구분하기가 어렵다.

개비자나무는 정원수로 음지에 하층 수종으로 사용된다. 눈개비자나무는 속리산에서 자라는 특산식물로 되어 있다.

개비자의 암꽃과 수꽃

개비자의 발아 과정

개비자의 자엽 사이의 생장점에서 잎이 나오는 모습

구상나무

구상나무 암꽃

●●● 자연의 색채는 여러 가지가 있다. 시각적으로 느껴오는 나뭇잎의 색깜은 농담의 강약에 따라 색깔이 구분된다. 식물은 색의 조화로 다양한 색상을 만들어낸다. 그중에도 푸르른 빛깔은 생명의 기쁨으로 도도히 밀려온다. 이른 봄 새로 자라나는 가지 끝에서 피어나는 연둣빛은 모나리자의 조용한 미소만큼이나 편안하게 느껴진다.

어느 나무인들 색상이 곱지 않을까 만은 한라산을 오르다가 구상나무 군락을 바라보면 자연미의 현란함에 빠져들지 않는 이가 없을 게다. 자연은 아름답다고 말하기는 쉬워도 정작 마음으로 느끼는 색감은 감정에 따라 서로 다르다. 그 생명의 빛을 깨닫게 될 때 비로소 구상나무의 신비로움을 알게 되리리라. 심음도 가꿈도 그 누구도 아니하였건만 어찌 이 높은 산중에서 저리도 고운 푸르른 은빛으로 뽐낼 수 있단 말인가. 이보다 더 아름다운 색채를 나타내는 색상을 지닌 나무는 아마도 거의 없지 않나 싶다.

색감으로 보면 오방색 중의 청색은 방위로 동쪽을 상징한다. 이는 태양이 솟아오르는 방위로 희망을 담고 있다. 계절로는 만물이 소생하는 봄을 나타내며 생명력의 풍요로움을 뜻한다.

이처럼 우리의 소망을 담아 즐거움을 선사하여 주는 나무가 바로 구상나무다. 사시사철 푸른빛으로 한라산을 자랑하는 나무, 세계의 어느 곳에서도 볼 수 없는 여느 꽃보다도 아름다운 푸른 기상의 고고한 자태를 지녔음이 특이하다. 청정하면서도 고요하게 살아가는 선비 같은 나무를 누가 밉다할 것인가. 천 미터 이상의 고산지대에서 기도하는 모습으로 모진 한파를 이겨내며 늠름하게 서서 겨울 산을 침묵으로 지키고 있다가 봄의 행복을 가져다주는 나무다.

봄이면 줄기마다 속잎이 트이는 연두색 봉오리는 한 송이의 꽃이나 다름없다. 봄은 봄대로 어머님의 은비녀를 연상케도 한다. 운무에 덮여 있다가 비안개에 함초롬히 젖어 서서히 들어내는 모습은 신화를 지닌 나무 같다. 무늬 진 은빛 날개를 펼치는 것처럼 벋어나간 가지의 잎 잎마다 조롱조롱 매달려 있는 이슬방울이 햇살에 반짝일 때면 은구슬을 조르륵 걸어 놓은 듯하다.

여름이면 하늘의 선녀가 백록담으로 목욕을 하러 갈 때 구상나무가지에 옷을 벗어 걸어놓고 간다는 전설은 아마도 그만큼 나무의 고아高雅함을 더해 주는 의미에서가 아닐까. 어쩌면 구상나무 군락지에 흰 구름이 두둥실 떠 있는 아름다운 모습은 마치 선녀의 하얀 속옷이 걸려 있는 것으로 착각을 일게 되었을 지도 모른다.

어느 꽃이 이보다 더 아름다우랴. 짙푸른 녹색의 황홀함은 사철 푸른 빛깔로 꽃이 되어 가지 끝마다 생명의 물결로 밀려온다. 봄을 맞는 환희의 함성은 하늘을 향하는 몸짓으로 피어내는 멋진 구과毬果의 풍치는 어떤 나무와도 비교할 수가 없다. 성스럽게 탑을 켜켜이 쌓아 올라가듯 정교한 모습은 황금 분할을 떠올리게도 한다. 어디 하나 흠잡을 수 없이 맺어두고 자라가는 열매는 볼수록 아름다워 감탄이 절로 나온다.

사람들은 구상나무가 한라산에서 자생하는 것을 보았겠지만 일반인들은 관심이 없었을 것이다.

문헌을 보면, 1915년에 한라산 10,000m 이상의 고지에서 구상나무를 채집하여 정확히 분류한 사람은 동아시아 식물학자 미국의 윌슨이다. 윌슨과 일본의 나까이와 함께 한라산을 답사 후, 구상나무와 분비나무는 다른 새로운 종임이 확인되어 Abies koreana라는 한국의 이름으로 명명되었다.

식물분류학자는 열매를 두고 색깔에 따라 푸른 빛깔이라 하여 푸른구상나무, 붉은 빛이 난다 하여 붉은구상나무, 검은 빛이 돈다 하여 검은구상나무로 분류를 하여 놓았다. 푸른구상, 붉은구상, 검은구상이라고 나누어 불러본들 구상나무는 한 가족일 따름이다. 구상나무와 분비나무는 식별하기가 어렵다. 그러나 열매를 보면 구상나무구과毬果는 인편鱗片이 뒤로 재껴지지만 분비나무는 그렇지가 않다. 잎은 줄기에 윤생으로 돋아나며 선형으로 끝이 갈라지고, 뒷면에 두 개의 흰색 기공선이 있다.

내가 구상나무의 죽은 모습을 처음 본 것은 지리산 천왕봉을 오를 때다. 대학 조교 시절에 은사님을 따라 식물채집을 가서였다.

지리산에 자생하는 침엽수 식물은 수직분포로 보면, 소나무는 표고 칠백 미터 전후에서 점점 사라져 갔다. 그 대신 잣나무가 서서히 출현을 하였다. 천 미터 전후에서는 전나무가 발견되었다. 천오백 미터쯤에서는 신비롭게도 구상나무가 자랐다. 그러나 천왕봉을 눈앞에 둔 구릉지는 언제 산불이 났었는지 초지로 되어 있고, 안타깝게도 구상나무 군락은 고사목만이 쓸쓸히 서 있었다.

수천 수만 년을 이어온 푸른 숲은 잔인하게 톱질로 베어져나간 흔적들만이 쓸쓸함을 더해 주었다. 굵은 밑둥치는 불길에 그을려 여기저기 덩그렇게 남아있고, 산화로 죽어간 나무들은 서 있는 채로 껍질이 벗어져 알몸을 드러내어 석양빛에 젖어 더욱 애처롭게 보였다. 거기다가 세차게 부는 바람은 임목 종자를 어느 한곳이라도 정착할 수 없게 만들고 있었다. "원시림 상태의 삼림은 아니더라도 숲이 형성되려면 적어도 이삼백 년의 아픈 세월이 흘러야 이루어지겠지" 하는 안타가운 마음으로 저무는 석양을 뒤로하며 발길을 옮겼다.

폐허된 처참한 모습은 오랜 동안 가슴이 아파 잊혀지지가 않았다. 나는 내 일생을 바쳐 꼭 나무를 심고야 말겠다는 결심을 했었다. 어떻게 해야 푸른 숲을 만들어낼 수 있을까. 어디서 구상나무 씨앗을 구입할 수 있을까. 많은 날을 두고 고민을 하였다. 고산지 식물이 평지에서도 쉽게 자랄 수 있을지. 키운 묘목을 바로 고산지대에다 식재를 해도 살 수가 있을까. 학술적으로는 묘목의 생장이 불량할 뿐만 아니라 동해를 받아 직접 이식은 불가능한 것으로 알고 있어서였다.

기후 조건의 차이를 줄이는 연구방법을 이론적으로 세워 보았다. 적어도 10년 이상을 두고 노력을 해야 성공할 수 있을 것으로 판단되었다. 그때 자신과의 약속을 하였건만 40여년의 세월이 흘렀으나 아직까지 실천을 하지 못했다.

내 생이 다하기 전 언젠가는 지리산에 구상나무를 꼭 심어놓고 싶다.

구상나무 수꽃

구상나무 암꽃 - (붉은구상)

암꽃이 피어나는 과정

구상나무 암꽃

구상나무 씨가 비상하는 모습

구상나무가 발아하여 성장하는 과정

금강소나무

●●● 선한 사람은 살아가면서 찬사는 받지 못하더라도 남에게 미움을 사지는 않는다. 악한 마음을 지닌 사람은 천금을 주고도 환심을 사기가 어렵고, 착한 사람은 따뜻한 말 한마디로도 평생의 은인으로 만들 수 있다. 이것이 인간의 살아가는 법도이다.

순수한 마음은 순수한 마음과 통할 수 있지만, 욕심을 앞세우고 있는 사람은 자신의 미흡함을 발견하지 못한다. 자신이 지니고 있는 성품의 그릇은 생각지 않고, 남의 그릇 큰 것만을 시기하고, 거기다 부족하거나 잘못되면 남의 탓으로 화살을 돌린다.

어쩌면 자연의 살아감도 인간사나 다를 바가 없다.

소나무는 한민족의 얼을 안고 있는 우리의 문화적 나무이다. 이 나무는 우선 겉으로 보기에 잎은 억세고 거친 느낌이 들지만, 만져보면 매우 보드랍고 향기롭다. 어린 줄기는 오밀조밀하면서도 소박함을 느끼지만 우람한 아름드리 줄기는 청년을 연상케 한다. 또한 아름다운 곡선미는 어딘가 모르게 부드럽고 여성스러워 미덥고 친근감을 불러일으킨다.

다른 나무들이 못다 살고 떠나간 메마르고 척박한 능선에서 버티며 사는 까닭은 무엇 때문일까. 금강산, 설악산을 거쳐 동해안을 푸르게 하고 헐벗은 산하를 묵묵히 굳건하게 지켜온 자랑스러운 민족의 나무. 우리 문화의 금강소나무를 바라보고 누가 사랑스럽다 말하지 않겠는가.

맑고 드높은 가을 하늘로 피어오른 흰 뭉게구름을 이고 서 있는 푸른 솔숲을 걷다 보면 깊은 산중의 풍치감에 빠져들게 되어 스스로 맑은 마음을 가지게도 된다. 친구와 솔숲에 누워 하늘을 바라보며 젊음을 논하고, 인생을 논하다 보면 사색과 철학에 잠겨 있게 되고, 어느새 스스로 심오한 학문의 길을 열게도 한다.

소나무는 젊은이의 기상이요, 선비의 절개를 뜻함이다. 우람한 줄기는 건강한 육체요, 푸른 잎은 고고한 정신이다. 솔 끝에서 이는 푸른 바람을 느낄 줄 아는 사람은 선인이 될 수 있나니, 낙락장송의 고귀한 기풍을 아는 자만이 소나무와 사랑을 나누리다.

만고풍상의 세월을 이겨내며 자란, 고고한 모습이 물위에 비쳐진 한 폭의 물그림자로 남은 솔나무 그림자를 바라보면서, 나뭇가지에 걸린 달빛에 젖어본다. 오늘도 청솔바람 소리를 들으며 아름다운 연못가에 서 있음이 얼마나 행복한가.

봄이면 가지마다 울긋불긋하게 피어 있는 진달래 꽃길에 드니 파란 새순이 생동감을 불러일으키고, 푸르고도 푸른 한 그루, 한 그루마다 소나무는 정취를 더하여 준다.

연못가의 솔터를 거닐어 본다. 오고가는 젊은 대학생들의 발걸음도 가볍다.

여름이면 황금빛 꾀꼬리가 돌아와 이 가지에서 저 가지로 앉았다 날면, 노란 송홧가루가 떨어질 때마다 자연의 의미를 일러주는 풍치가 어이 멋지지 않은가.

가을이면 열매가 통통하게 익어 씨는 다람쥐와 새들의 먹이가 되어 주기도 하며, 바람에 날려 땅에 떨어져 싹을 틔우는 생명의 근원을 알게 해 주어 기쁘다.

겨울이면 그윽한 모습을 담고, 고고한 자태로 북풍한설에 뒤덮여 서 있는 장령의 금강소나무가 봄을 기다리며, 푸른 가지마다 일취월장(새순과 솔방울의 성장)의 자연과학을 일러주고 있는 깊은 뜻을 그 누가 알리. 학문의 전당을 지키는 소나무여! 사람들은 머물다 모두 떠나가도 너만이 대학을 지키고 있으니 내 너를 인송人松으로 부르련다.

소나무는 오덕五德을 지니고 있어도 뽐내지 않아 더욱 아름답다.

가난을 참아내고 몸이 아플 때 약이 되는 지혜를 알려주니 지智요, 사시사철 푸르러 변함이 없으니 신信이요.

어떤 어려움에도 굴하지 않으니 용勇이요, 줄기는 베어져 재목이 되어주고 잎은 자연으로 돌아가 사랑을 담고 있으니 인仁이요. 척박하고 건조한 토양에서도 잘 적응하며 자라는 개척의 정신이 있으니 업業이요, 눈바람에도 견디고 위풍당당함을 잃지 않으니 엄嚴이다.

이처럼 인생이 지녀야 할 오덕을 일러주니 어찌 사랑스럽지 않는가.

오늘도 우리 민족은 소나무의 얼을 담고 살아가고 있어 그 정신이 더없이 값지다.

소나무여, 인송이여! 내 어이 너를 사랑하지 않을 수 있겠는가.

금송

●●● 지구상에는 많은 생명들이 살아가고 있다. 생명이란 살아 있음을 증명하게 된다. 춘하추동이 있어 생물은 태어나면 자라게 되고, 꽃이 피면 열매를 맺게 된다. 식물은 겨울이 오면 죽기도 하고 봄이 되면 다시 씨가 생명으로 태어나 번식하고 종족을 보존하며 환경에 따라 정착하여 자라게 된다. 수많은 식물 수종들은 나름대로 의미를 지니며 살아간다. 이들 식물 중에 금송(高野槙-고야마키)은 하필이면 일본에서만 자생종으로 태어나게 되었을까.

금송은 세계 삼대 조경수로 알려져 있는 나무이다. 언제 누가 정하였는지는 모르지만 어쨌든 조경학 책에 수록되어 있다. 나무의 성장 과정을 살펴보면, 생장이 느리고 늘 푸름을 자랑한다. 어린묘목에서 오년, 십년, 십오년, 이십년의 나이에 이르기까지 원뿔형으로 자라는 풍치는 상록의 우아한 자연미를 담고 있다.

많은 침엽수 종류 중에서도 금송 잎은 가장 독특하다. 잎이 두툼하고 뒷면은 노란빛깔의 연한 황금빛이 담겨져 있는 하얀빛이 도는 줄무늬가 일직선으로 나 있다. 마치 촘촘한 우산살을 펼쳐놓은 듯, 두 잎씩 묶여져 열대여섯에서 사십여 개의 이파리가 원형을 이루어 소담스럽게 꽃 송아리처럼 피어나 경관미를 깔끔하게 담아낸다. 무엇보다도 음지에서도 잘 견딘다는 장점도 있다. 아마도 이런 점에서 삼대 조경수로 뽑히게 되었다는 생각이 든다.

그러나 금송은 일본 특산 수종이다. 우리나라에서는 역사관이나 특징된

기념관에 헌수를 하게 될 때에는 깊이 생각하고, 기념식수로 선택해야 할 일이다. 일본은 이웃나라이지만 가깝고도 가장 먼 나라이다. 임진왜란을 비롯하여 일제의 36년간의 우리 민족의 고통과 핍박어린 조상들이 살아온 피맺힌 슬픔은 잊을 수가 없다. 이런 이유에서 아무리 아름다운 나무라 하더라도 민족적 감정을 어찌 잊는단 말인가. 나무를 보면 아름다움을 느끼게는 하지만 일본의 자생수종임을 알고 난 후부터는 왠지 정감이 들지 않는다.

이순신 장군 영정의 역사관 앞에 일본의 금송나무가 1970년에 박대통령 기념식수로 심겨져 있었음은 안타까운 일이었다. 더군다나 피맺힌 한이 서린 민족정신을 되새기게 하는 장소에 버젓이 일본의 나무가 자라고 있어 조경수 이전에 반감을 사게 된다. 당시에 누구라도 일본수종이라는 식물학적 지식만 가졌더라면 이를 선택하게 되었을까?

돌이켜보면 우리나라는 광복된 지 불과 5년 만에 6·25전쟁으로 또다시 산천은 황폐되어 갔고, 6~70년대의 가난과 헐벗은 민둥산에 조림을 하느라 허덕였다. 70년대에 이르면서 아름다움에 대한 미적경관의 눈을 뜨게 된 시대다. 예나 지금이나 어떤 행사에 기관장이 기념식수를 하게 될 때, 본인이 직접 수종을 선정하여 식재하는 경우는 드물다. 일반적으로 그 기관의 담당부서에서 준비하여 행사를 치르는 예가 대부분이다. 이때도 가장 귀하고, 멋있는 나무만 생각하다보니 이렇게 큰 오류를 저지르게 된 것일 게다. 우리의 민족적 역사관이 없어서가 아니라 미적 경관만 생각했던 무식한 소치에서 벌어진 일이라 생각한다.

우리 민족의 소나무. 그 당시만 해도 소나무 이식에 관한 지식이 없었다고 해도 과언이 아니다. 이제라도 민족의 의식사관을 바로 세워감으로 자연에 관한 인식도 깨달아야 하겠다.

생각하건대 이순신 장군 기념관 현충사 내 심겨진 금송을 40여년 만에서 깨닫고 많은 논란 끝에 600미터 떨어진 곳으로 옮기게 되었다함이 다행한 일이다. 훗날 이 모두가 역사일 수 있다. 우리 산하를 지켜온 소나무는 거북선을 만드는데 유용하게 사용했던 나무가 아니었던가. 일본의 금송보다는 우리의 소나무가 이순신 장군의 영정을 모신 기념관을 지키게 함이 더 맞을 것이다.

70년대의 생각이 난다. 국립공주박물관 견학을 갔을 때다. 입구에 심겨져 있는 금송이라는 나무를 처음 보았다. 귀한 나무라는 바람에 탐을 냈었던 기억이 난다. 지금은 일본 수종임을 알고는 반감이 간다. 몇 년 전에 어느 고등학교를 방문한 적이 있다. 그 학교 정원에 3 · 1운동에 가담하여 옥고를 치른 40여명의 희생된 학생을 기리는 기념탑이 높이 건립되어 있음을 보았다. 그 옆에는 여러 종류의 나무들이 심겨져 있었지만, 안타깝게도 금송나무가 버티고 서 있었다. 아마도 3 · 1운동 기념탑 건립기념 식수를 할 때 희귀한 나무라는 생각에서 식재되었을 것이다. 의식이 없어서가 아니라, 깊이 생각하지 않고 조경미만을 앞세워서 행하게 된 일일게다. 알면서도 기념식수라는 점에서 이대로 두고 바라만 보아야 할 것인가. 다른 곳으로 옮겨야 할 것인가.

옛 속담에 '며느리가 미우면 손자까지 밉다'라는 말이 있다. 일본사람들이 밉다보니 이제는 그 나라에서 자라는 금송나무마저 미운 감정은 어쩔 수가 없는 현실이다.

지금은 많은 사람들이 조경에 관한 지식도 넓어져 기념식수로 정할 때는 우리의 나무인 소나무, 울릉도의 향나무, 솔송나무, 제주도 한라산의 구상나무, 소백산의 주목, 강원도 지방의 전나무 등을 선택하여 민족의 정기를 사랑한다. 우리나라의 역사와 관련된 기념관 앞에서 그래도 우리의 국토에서 자라는 식물들이 미관을 나타내 주었으면 한다.

이제는 세계문화가 하나가 되어 살아가고 있다. 식물도 국경 없이 이식되어 살아가고 있음에 수목원에는 밉던 곱던 금송도 식재하여 수목학적 지식을 넓혀가야 함은 어쩔 수 없다. 그동안 조경수 보급차원에서 묘목재배원에서 금송묘목을 보급하고 있다.

일본에는 금송이 있다면, 우리나라는 잎이 완전히 노란 황금소나무가 번식되고 있다. 앞으로 금송 대목에 황금소나무를 접목하여 '황금금송소나무'를 만들어 내고 싶은 욕심이 든다.

그러려면 황금소나무 대목을 만들기 위해서는 생태를 알아야 되고, 금송의 씨앗을 받아 식재를 해야 한다. 금송은 한 나무에서 암꽃과 수꽃이 따로 핀다. 수꽃은 아래의 가지 끝에서 피지만 암꽃은 가장 높은 가지 끝에서 맺으며 수정이 된 후, 2년이 되어 가을에 솔방울이 익는다. 씨앗은 동글납작하며 얇은 날개가 동그랗게 달려 있다. 삽목도 가능하여 여러 번 시행하여 보았지만 온도 습도를 잘 조절하기 전에는 어려운 편이다. 황금금송소나무를 만들어 낼 수는 없을까. 이를 만들어 조경 수목원에 식재하는 꿈을 꾸어 본다.

잎의 새순

금송 수꽃

금송 씨앗

금송 암꽃

금송 솔방울

나한송羅漢松

●●● 우리나라에 자생하는 나무의 종류만 해도 천 여 종에 이른다. 지구상에 자라는 나무들은 수천 가지가 될것이다. 사람들은 이들 나무의 외관적 특징을 살려 그 이름을 붙여 부르고 있다. 나는 학교다닐 때부터 한국수목도감을 가까이 하며 살아왔다. 그러면서도 그 나무들의 이름을 들을 적에는 생소한 때가 더러 있다.

지난 가을이었다. 약용식물을 전공한 노교수로부터 전화가 왔다. 수년

전에 보길도에 갔다가 심원위재深原緯齋라는 고택에서 민박을 하였단다. 정원의 금송나무 밑에 씨가 떨어져 자라고 있어 작은 묘를 몇 그루 뽑아 종이컵에 담아와 기르고 있다고 하였다. 몇 년을 길렀지만 아무리 봐도 금송은 아니라며 무슨 나무인지 알 수가 없다고 사진을 찍어 메일로 보내왔다.

금송은 아니었다. 도감을 꺼내서 침엽수 쪽을 살펴보았지만 비슷한 수종이 없다. 언젠가 꽃집에서 나한송을 본 기억이 떠올랐다. 인터넷에서 찾아보니 생각이 맞았다. 누구나 처음 보게 되면 금송과 나한송을 착각하기가 쉽다.

중국 식물로 일본에도 분포하는 상록수다. 수고는 5m 내외로 자라고 자웅이주임을 알게 되었다. 온대 수종으로 추위에 약하다고 되어 있다. 꽃은 5월에 피며 수꽃은 황백색이다. 암꽃은 전년지의 잎겨드랑이에 1개씩 달린단다.

사진상으로 보는 열매가 특이하다. 열매는 큰 꽃받침이 있고, 가을이 되면 과탁은 붉게 익으며 그 끝에 청록색의 종자가 타원형으로 달려 있어 마치 탑을 쌓은 모습이다. 열매는 열대지방의 맹그로브 나무처럼 태생종자胎生種子로 나뭇가지에 매달린 채로 발아가 되기도 한다니 더욱 관심이 갔다.

노교수는 가을에 나한송 2그루가 심겨진 화분을 선물로 주었다. 고마움과 30여년의 정리情理로 지내온 사이지만, 나무를 받고 감격한 순간을 어떻게 표현할 길이 없었다. 소중한 나눔의 의미를 다시금 깨달으며 분갈이를 하였다. 한 그루씩 나누어 심었다. 줄기에서 돋아난 가지를 보니 적어도 8, 9년생은 된 듯싶다. 키는 35cm 정도 자랐다. 한 그루는 크고 작은 가지가 6개고, 또 한 그루는 10가지가 사방으로 뻗쳐나 있다. 한눈으로 보아도 마디게 자란 듯싶다. 화분에서 자란 탓도 있겠지만, 생태적인 특성인 것 같다.

잎이 매력적이다. 제멋대로 곡선을 이루며 늘어진 짙은 녹색의 잎이 눈길을 끈다. 이파리수를 세어보니 한 그루는 135잎이고, 한 그루는 156잎이 달렸다. 잎잎이 어긋나게 한 잎씩 줄기에 달려있다. 잎 모양이 마치 유엽도 같기도 하고, 쪼붓한 수양버들잎 같다고나 할까.

줄기를 살펴보니 이 잎들은 어릴 때부터 돋아나온 그대로 매달려 있는 잎사귀 같다. 아마 잎갈이를 하지 않는 상록수 그대로다. 이런 점이 다른 나무에 비해 특이하다.

침엽수 잎 치고는 폭이 제일 넓을 듯싶다. 잎은 약간 도톰하며 거치가 없고 길쭉하다. 매우 부드럽고 날렵한 은장도를 닮았다. 얼핏 보면 앞뒤가 구분이 없는 나뭇잎과도 같다. 처음 대하면 구분이 잘 가질 않는다. 그러나 자세히 보면 뒷면이 옅은 연둣빛이 돈다. 주맥은 앞면 뒷면으로 도도록하게 돋아나 곧게 벋어나갔다. 새로 돋아나는 잎은 꽃을 연상시킬 만큼 은은한 빛깔로 시선을 끌어들인다.

침엽수 식별만은 다 안다고 은근히 속으로 자부해 왔건만 내 어찌 나한송을 이제서야 알게 되었단 말인가.

나한송은 전라도 소흑산도에서 아무도 모른 채 외롭게 300년을 홀로 살아왔다. 그 누구도 알지를 못하고 있었다. 다행히 1993년 6월에 김철수 교수(목포대 학국생태학)가 식물조사에서 나한송을 향리 성황당에서 처음으로 발견하였다. 이로 인하여 나한송이 최남단 섬에서 자생함이 밝혀졌다. 소흑산도 섬 북서쪽에 있는 우리 산야에도 자생함을 발표했다. 이제까지는 중국, 일본식물로만 알고 믿어왔었다. 이를 뒷받침 하듯 두 번째로 나한송이 가거도 독실산에서 자생함을 주민들에 의해 또다시 발견되었다. 2015년 5월에 수령이 200년 된 나한송 3그루가 자라고 있음을 고경남(식생, 토착문화 가거도 출장소장)씨에 의해 확인되어 국내 유일의 자생지로 알려졌다.

1990년대 이전에 만들어진 한국 식물도감들은 나한송이 기록되어 있지 않다. 이렇게 아름다운 수종이 우리나라 산하에 자라고 있음이 자랑스럽다. 하마터면 외래수종으로 관심 밖으로 밀려날 뻔하였던 나한송은 마땅히 천연기념물로 지정할 만한 나무이다.

나한송! 그 이름은 어떻게 붙여졌을까. 그 유래는 알 수가 없다. 중국에는 절 마당에 많이 심겨져 있다. 많은 나무들이 있지만 하필이면 나한송을 심었을까? 불교와 연관된 나무가 아닐까 하는 생각이 들었다.

불교 사전을 보면 깨달음에 이른 사람을 아라한羅漢이라고 한다. 아라한은 인도 빠알리어로 '고귀한 사람'을 뜻한다. 불교수행자들이 지향하는 최고의 성자다. 즉 우리의 생각과 감성을 흔드는 '탐욕, 분노, 교만, 어리석음'과 같은 번뇌를 제압한 사람이다. 아라한은 이러한 번뇌들을 완전히 이겨낸 최고의 성자로 성인(人) 중의 성인이다. 더 이상 깨달을게 없는 이런 사람을 아라한이라고 한단다. 아라한의 준말로는 나한漢라고도 한다 하였다.

누군가가 절 앞에 서 있는 나무를 나한으로 여겨 최고의 의미를 담은 변함없음을 느끼게 된 것이 아닐까. 이에 수종 중의 소나무를 닮아 송자를 붙여 나한송이라 부르게 되었을 것 같다는 상상을 나름대로 해본다.

이러고 보면 나한송羅漢松은 결국 더 이상 깨달을게 없는 나무라는 의미가 아닌가. 즉 깨달은 나무이다. 묵묵히 더디게 자라는 한결같은 그 모습은 묵도를 하며 서 있는 성자 같은 나무다.

오늘은 나무뿌리를 촉진시키려고 막걸리를 희석하여 한 컵씩 주었다.

얼마 후에 바라보니 나무가 술이 취하였는지 춤을 추는 듯 이파리들이 보인다. 유리창으로 새어드는 햇빛 때문인지 아무리 바라봐도 푸른빛깔이 은은하게 생기가 돈다. 나도 덩달아 정에 취하고, 나한송 사랑에 이끌려 눈길을 뗄 수가 없다. 여러 날을 두고 술에 취하게 만들었다. 그런 탓일까. 입춘이 오기도 전에 정아에서 잎눈이 터져 뾰족하게 연둣빛이 내밀었다. 앙증맞다하는 표현을 이럴 때 해야 맞을 것 같다. 일찌감치 봄을 맞는 기분이다.

지난해 자란 연약한 연청빛 줄기가 면도날로 세로(線)로 그어놓은 듯 여러 갈래로 상처가 나 있다. 이게 웬일일까. 두 나무가 다 그렇다. 깜짝 놀라 확대경을 대고 아무리 들여다보아도 이유를 알 수가 없다. 노교수가 기르는 나무도 그런가 하고 물어보니 의아해 한다. 잠시 나무를 살펴보고는 그 나무도 그렇다고 한다. 추측으로 줄기생장을 하는 생리현상인 듯싶다.

2년 전에 자란 줄기를 살피니 그곳에도 터져서 갈라진 상처가 아무른 흔적이 가늘게 콜크층을 형성하였다. 처음 보는 일이다. 꼭 여인들이 임신을 하였을 적에 살이 트는 모습이다. 5월이 되어 꽃이 피어 열매가 맺는 기이함도 보고 싶다.

나한송이여! 어떻게 하면 너처럼 깨달을 수 있니. 푸른 빛 여유로움으로 느릿느릿 살아가는 경지를 배우고 싶다.

나한송 잎

선물받은 귀한 나한송

낙엽송

●●● 가난한 마음이 들면 아름드리 낙엽송을 가만히 안아본다. 눈이 피로하면 속잎 트는 봄날의 낙엽송 가지를 바라보기도 한다. 오월의 물오른 가지에 피어난 연초록 잎은 고운 수술 모양으로 귀엽다. 지난해 자란 가지를 훑어 향기를 맡으면 어린 시절이 아련히 떠올라 그립다.

낙엽송 잎을 보면 그리워하던 아가씨가 시집갈 때 타고 가던 각시 가마에 매달린 예쁜 수술같이 느껴진다. 가느다란 가지를 조금 껍질을 상처낸 후 잡고서 손으로 훑어내면 곱게 벗겨진다. 파릇파릇한 잎이 달린 보들보들한 껍질을 목도리처럼 목에 걸고 산길을 걸으면 향긋한 냄새와 함께 어릴 적 소녀가 돌아올 것만 같다.

산 계곡에서 하늘을 찌를 듯 쭈-욱 곧은 푸른 낙엽송 숲속에 누워 하늘을 올려다보면 한없이 행복하기만 하다. 나뭇가지 사이로 보이는 흰 구름은 어쩌면 소녀가 흰 치마를 벗어서 걸어놓은 듯 더 곱게만 느껴진다.

나는 낙엽송 같은 사람이 좋다. 이웃과 다투려 하지도 않고 오직 넓고 푸른 하늘만을 바라보며 곧게 살아가려는 그런 마음 같아서 좋다. 열매도 공연스레 아무 때나 맺으려 들지도 않고, 오륙 년에 한 번씩 맺는 옹골찬 삶을 갖는다. 아마도 이 모두는 산자수명山紫水明한 곳에서 사는 탓인가 보다.

나는 이런 연유에서인지 낙엽송이 자라는 숲속을 걷기를 좋아한다. 녹색으로 물든 숲속을 걷다보면 어느덧 마음마저 파랗게 물들어 버린다. 옷에 밴 푸르름을 훌훌 털어버리면 아름다운 잎은 어느새 노란 가을의 낙엽으로 쌓인다.

가을의 낙엽송 숲속을 걸을 때의 운치는 더 잊을 수가 없다. 산들바람이 가지 끝에 쉬면 소리 없이 쏟아지는 황금 낙엽을 맞으며 걸을 때의 아름다움은, 희망을 샘솟게도 하고 사랑의 세레나데이기도 하다.

월악산을 가는 꼬부랑재를 넘어 낙엽송의 숲길을 가던 나의 감회롭던 마음은 누구도 모르리.

젊은 시절, 조림을 감독하며 그때 심어진 수십만 본의 낙엽송에서 나의 모습을 본다. 나는 당시 갓 학교를 졸업한 새파란 총각이었었다. 이 나무는 그때의 내 나이만큼 되어 있어서 그런지, 내 젊음을 바라보는 것 같기도 하고 꼭 내 마음을 알 것만 같다.

지난 여름 학생실습 때, 이 고개를 넘으면서 추억을 떠올리기도 하고, 커가는 아름다움에 이 나무 저 나무를 사랑으로 안아보기도 하고, 내 따뜻한 볼을 대어보기도 하였다.

"나무야, 너는 내 고통도 슬펐던 눈물겨운 아픔들도 다 알고 있지. 너도 이만큼 자라오면서 나보다도 더 많은 고통이 있었겠지. 네 곁을 떠난 후 너를 너무도 잊었구나. 왜 내가 이런 사람으로 변했는지 모르겠다. 다음에 또 오마……."

뒤를 돌아보며 또 돌아보며 정들었던 산비탈 길을 내려왔다. 이토록 오래도록 흐뭇한 마음이 또 언제 있었던가. 사람이 살아가는 동안 자신이 행한 일 중에서 나무를 심어 숲을 이루게 한 후 싱그러운 숲속을 걷는 순간만큼 감동을 주는 일은 아마도 없을 듯싶다. 나무와 대화를 하며 스스로 행복해지는 추억들을 회상하면서 나무는 노동으로 키우고, 사람은 마음으로 길러야 함을 깨달았다. 나무는 정성껏 관리하면 그 고마움을 알지만 사람은 그 은혜를 잊기가 쉽다.

어느 땐가 묘포장에 낙엽송 종자를 파종하여 예쁘게 발아되었을 때, 관리 소홀로 파란 새싹들이 죽어가던 그 애타던 아픔은 부모가 병든 자식 앞에서 기도하는 마음만큼이나 아파했었다.

우리나라에서 낙엽송 양묘를 처음으로 시도했다는 분은, 충북 청원군 강내면 비하리에 사시던 박종원朴鍾元씨라는 이야기를 들은 적이 있다. 지금으로부터 해방 전의 일이다. 일제는 낙엽송이 조선에서는 양묘가 되지 않는다고 하여 일본에서 묘목을 가져왔고, 조선총독부 농림국(朝鮮總督府 農林局)에서는 식민지 정책으로 한국인은 양묘를 하는 것을 금지시키기도 했단다. 그러나 그분은 거의 실패를 거듭했지만 굴하지 않고, 수년간의 노력 끝에 기어코 우리나라 땅에서도 양묘가 가능하다는 것을 일본 당국에 보여 주었다. 그러나 일본 사람들은 그를 누구도 믿어주지 않았다.

그의 양묘 기술은 일본에서 길러온 묘목이나 다를 바가 없었다. 이 성공의 기쁨은 오직 그분만의 것이 아닌 우리들의 것이었다.

일본인들에게 짓밟히는 것만 해도 서러움에 찬 분노인데, 더군다나 식물마저 저의 나라에서 키운 나무만 심을 수 있다는 이론이 어디에 있단 말인가.

한국인이 굴욕당하고, 산은 혈맥을 끊기고, 자연을 송두리째 베이가고, 슬픔에 찬 이 민족은 가난에 떨고, 배고파 허덕여 풀뿌리마저 캐어 먹으면서도 독을 품던 앙갚음은 여기도 있었다.

학계의 권위였던 수원고농(水原高農, 현재 서울대학교 농과대학) 일본의 우에끼

(植木) 박사가 현지를 확인하여 학계에 발표되었다. 여러 가지 어려움도 뒤따랐지만 끝내는 일본에서 생산된 묘목 수급을 폐지하였다. 그 후 지방산의 자급자족을 시달하게 됨에 우리의 금수강산에서 자란 낙엽송에서 종자를 채취하여 다 양묘를 하게 되었으니 일제의 산림행정을 바꾸어 놓은 일이기도 하다.

우리 민족은 일본인에게 졌었지만, 낙엽송만은 일본인을 이겨냈다. 지금도 어느 산천에는 그때 심겨진 나무가 자라고 있을 것이다. 아니 아름버는 그 낙엽송이 충북대학교 구내에도 살아남아 있다. 당시에 묘포장에서 풀을 뽑고 물을 주며 묘목을 길러내던 고희가 넘는 분들의 이야기는 아직도 귓전을 울린다.

대동아 전쟁 당시 결전조림決戰造林이라 하여 산림사업에 종사하는 사람은 결전용사로 취급하므로 이때에 징용徵用을 면제하여 주었었다고 한다. 그리하여 충북이 제일 먼저 이 혜택을 받게 됨에 많은 사람들은 징용에 끌려가지 않으려고 양묘장으로 몰려와, 묘포장은 묘목을 길러내는 양묘장인지 사람의 포장인지 분간할 수가 없었다고 한다.

당시 묘포장을 순방 왔던 일본 순사에게 사람의 포장으로 보이게 하여 호랑이 같던 순사를 한때 웃기게 했던 시절도 있었다고 말들 한다. 나는 낙엽송을 바라보며 우리 민족의 슬픔을 들으면서 어렵던 시절을 돌아본다.

낙엽송은 종자 결실의 풍흉이 심한 나무로 알려져 있다. 어릴 때는 음수陰樹로 그늘을 좋아하지만 점점 자라면서 햇빛을 좋아하는 양수로 변한다. 다른 나무들에 비하여 수분을 좋아하는 편이다. 낙엽송을 잎갈나무라고도 부르며 두 종류로 나누고 있다. 잎갈나무는 강원도 이북에서 자라며 열매의 인편鱗片이 뒤로 재껴지지 않는다. 일본 잎갈나무는 인편이 뒤로 재껴진다.

산림청은 산림녹화 십개년계획 이후 경제림조성 수종으로 낙엽송(일본잎갈나무)을 그동안 많이 심었다. 낙엽송은 아름드리로 곧게 자라고 있어 한때는 전보대로 많이 이용되어 오기도 했다. 그러나 시멘트가 공급되면서부터는 사용되지 않았다. 낙엽송은 그동안 국가산업 발전에 많은 공헌을 한 나무이기도 하다.

오늘도 외롭고 쓸쓸할 때면 낙엽송 숲속을 한없이 걷고 싶어진다.

낙엽송의 암꽃은 생식생장의 변화로 꽃이 잎줄기로 변하였다.
이는 기후 또는 영양 관계인 식물호르몬에 의한 변화로 이 같은 현상을 일으키고 있다.

성장한 낙엽송

노간주나무

노간주 나무

●●● 산에서 어쩌다가 노간주나무를 만나면 반갑다. 어릴 때의 고향 생각이 어렴풋이 기억난다. 이른 봄날에 아버지는 나무를 한 짐 해 오셨나. 갈퀴 나뭇짐에서 푸른 나뭇가지를 따로 빼 놓으셨다. 그리고는 쇠죽을 끓이는 아궁이 앞에서 파란 가지를 다듬어 낸 후 나뭇잎을 불길에 밀어 넣으신다. 순간 향긋한 냄새가 나며 불꽃이 치솟아 올랐다. 타는 소리가 타닥타닥 연달아 요란하다. 이때부터 노간주나무라는 이름을 알게 되었다.

잘 다듬어진 줄기는 둥그렇게 휘도록 칡껍질로 잡아매어 김이 무럭무럭 나는 쇠죽 끓는 솥뚜껑을 열고 그 속에다 밀어 넣으셨다. 얼마 후 끄집어내어 껍질을 올딱 벗기고 양끝을 다시 작은 타원형이 되게 불길에 그을려 서서히 휘셨다. 어지간히 마음에 들으셨는지 풀리지 않게 양끝을 끈으로 꼭꼭 묶어 기둥에 걸어 놓으셨다.

어느 날 이웃사람들이 모여 송아지를 도망가지 못하게 허리에 밧줄을 매어 나무에다 잡아 묶고 코를 뚫고는 전에 만들어 두었던 타원형 나무를 코에다 끼웠다. 이 나무가 바로 코뚜레를 만들던 노간주나무다. 송아지는 코를 뚫게 되면 이제부터 꼼짝 못하는 소가 되는 과정이다.

노간주나무를 처음 보게 되면 향나무 종류로 착각하는 경우가 많다. 얼핏 보면 나무가 자라는 모형이나 생김새가 향나무처럼 생겼다. 가지에 달려있는 열매의 모양도 유사하지만 상처 내서 냄새를 맡아보아도 비슷하다.

예전에 시골 노인들은 산에 가서 노간주나무를 발견하면 귀하게 여겼다. 이 나무는 아무 곳에나 자라지 않아 흔치가 않다. 특히 척박한 석회암 지대에서 잘 자란다. 줄기는 매초롬하게 자라며 단단하다. 나무를 베어다가 물에 오래 담갔다가 껍질을 벗기면 매끄럽고 하얀색깔이다. 곱게 다듬은 후 지팡이를 만들어 짚으면 흰 모시두루마기와 잘 이울린다. 아들이 늙은 부모님께 지팡이를 만들어 드린다 하여서 노가자老柯子나무라는 이름을 얻게 되었다 한다.

노간주나무는 소교목성이며 사철 푸른 침엽수로 가지는 짧게 자라 위로 뻗는다. 수관 폭은 좁으며 곧게 자란다. 잎은 사방으로 어긋나게 자라며 가지로부터 직각되게 자라고 있는 점이 식물 분류상 특징이다. 잎의 뒷면에는 흰 기공선이 있으며 끝이 바늘처럼 예리하다. 멋모르고 손으로 꽉 쥐었다가는 찔리는 바람에 깜짝 놀란다.

노간주나무는 암·수가 따로이며, 수꽃은 오월에 연한 황색으로 피고 화분도 송화처럼 노랗다. 암꽃은 연한 녹색이다. 열매는 둥글게 자라고 이듬해에 흑자색으로 익는다. 열매는 향기가 있어 드라이진 술 만드는 원료로 이용한다.

나무의 생장이 더디며 수피가 다 벗어지고 한쪽만 남아 있어도 살아남는다. 이처럼 생장력이 강하여 분재 애호가들이 선호하는 나무이기도 하다. 목재가 치밀하고 희어 화분에 심어 놓고 일부러 수피의 일부를 조금씩 벗겨내어 고통스럽게 자라는 고목으로 모형을 연출해 낸다. 분재가 들은 노간주나무의 특징을 잘 살려내어 고품 있게 만든다. 노간주나무는 낙엽이 다진 늦가을에 단양, 제천 지방에 가면 쉽게 발견할 수 있다.

노간주나무

노간주나무는 해학을 담고 있는 나무다. 고금소총에 나오는 이야기를 옮겨본다.

옛날에 어떤 시골에 여러 부인들이 많이 모여서 잔치를 베풀었다. 나이가 젊은 부인들이, 제각기 술잔을 들어 노부인들에게 차례로 올리게 되었다. 그때에 노씨盧氏 성을 가진 사람의 부인의 차례가 되었다. 짙은 화장에 아름답게 꾸미고, 옷에서도 향기가 풍겨났다. 잔을 받들어 올리니, 연세가 많은 부인은 잔을 받았다. 그 순간 노인은 옷의 향기를 맡고 말하기를 "노가자老柯子 냄새가 나는 구나."하였다. 노가자는 노간주나무의 속명으로 향기가 난다. 장롱을 만들 때 향나무 송판을 쓰면 옷에 좀이 나지를 않는다. 옷을 농속에 오래 넣어 두게 되면 나무냄새가 배어 향긋하게 난다. 이 향기가 노간주나무 향내로 알고 노가자 냄새라 한 것이었다.

그런데 젊은 여인은 노가老柯를 남편의 성인 노씨로 알아듣고 자子는 남편의 성기라는 소리를 말하는 것으로 착각하였다. 젊은 여인은, 늙은 부인이 자기를 헐뜯는 것으로 잘못 알고, 마음속으로 혼자서 부끄러워하였다. 젊은 여인은 한동안 생각에 잠긴 끝에, 어른의 말에 대답하지 않을 수가 없다고 생각하였다.

곧 입을 열어 말하기를 "제가 화장을 갖추고 떠나려 할 때, 제 젊은 낭군이 장난으로 양물을 내놓고, 저로 하여금 한번 쥐고 가라고 시켰습니다. 감히 어길 수가 없어 마지못해 그에 복종했더니, 이렇게 냄새가 납니다." 하였다. 이를 듣고 있던 여러 부인들이 정색하며 말하기를 "부인의 품행은 정결에 귀중함이 있거늘, 이 부인은 외설스럽고 방종하며 무례하다. 함께 술을 나눌 수가 없구나." 하며, 이내 좌중에서 내쫓았다. 노씨 부인은 크게 부끄러웠다. 물러나 집으로 돌아가려고 하는데, 그녀의 몸종이 말하였다. "내가 한 꾀가 있으니, 아씨는 돌아가지 마옵소서." 한다.

노씨의 몸종은 방으로 들어가 여러 부인들 앞에 꿇어앉아 "청컨대 한 말씀드리고 물러가겠습니다." 하니, 부인들은 그 하고자 하는 말을 물었

노간주나무의 암꽃과 암꽃이 성장하는 모습

다. 여종이 말하기를, "제가 손금을 잘 봅니다. 양물을 한번 쥐면 스스로 손금에 나타납니다. 두 번 쥐고, 세 번에 이르러서는 더욱 숨기기 어렵습니다. 움켜쥐지 않았는지 구별할 수 있습니다. 여러 부인들의 손금을 차례로 보아드리려 합니다." 하였다.

부인들은 모두 두려운 얼굴빛을 지으며, 손을 옷소매 사이에 오그라뜨렸다. 숨을 죽이며 아무 소리도 못하다가, 노인 된 부인이 천천히 말하였다. "앞의 말은 농담일 뿐이다. 작은 과실로써 너의 아씨를 내쫓는 일은 잘못되었으니 다시 맞아드려라." 하였다. 여종은 그 아씨를 옛 자리로 돌아가 앉도록 하였다 한다.

노간주나무는 귀한 편이다. 산불이 나면 쉽게 불에 잘 타며 탈 때는 요란스럽게 소리가 난다. 바늘잎은 사방으로 직각이 되게 벋어 자라는 게 특징이다.

비자나무

●●● 깊은 산속에서 자라는 나무들이 갖는 기품氣稟은 저마다 다르다. 겨울 산을 오르다 보면 푸른 하늘을 향하여 쭉쭉 벋어 올라간 청청한 자태는 기밀답다. 나무는 많은 연륜을 지니고 있을수록 중후감을 더해 준다. 비자나무 숲속에 머물면 녹색물이 금방 뚝뚝 떨어질 것 같은 푸른 나무 물결이 파도처럼 밀려드는 기분이다.

많은 나무들의 숲이 있지만 그중에서도 비자나무숲은 귀티가 난다. 천년의 숲에 머물다보면 그저 자연스레 고개가 숙여진다. 무상무념의 기도를 하는 나무들에게 어느새 마음이 의지가 된다. 비자나무숲길을 한참을 걷다보면 근심이 없어진다. 나무들마다 넉넉하고 의젓하여 살아 있는 신神을 대하는 느낌이다. 어떻게 풍진세월을 이겨내며 이렇게 살아왔을까. 비자나무를 끌어안고 교감을 하여 보고 싶어진다. 나무로부터 영험함이 스며나 푸른빛에서 새로운 생명의 경이로움이 일어날 것만 같다.

세상에는 수목만큼이나 사랑을 베풀며 살아오는 생물이 또 있던가. 푸른 숲을 올려다보며 비자나무의 삶을 생각해 본다.

역사적으로 고려사에 보면 원종 12년(1271)에는 원나라의 궁궐을 짓는데 우리나라 비자나무 판자를 보냈다 함을 알 수 있다. 비자나무의 목재가 고품스러움을 느끼게 한다. 나무의 속을 보면 다른 나무와 다르게 심재心材와 변재邊材의 생장이 아주 느리게 자라 구분이 확실하지 않다. 목재의 조직이 섬세하고 치밀하며 색깔은 옅은 황갈색으로 편안하다. 침엽수의 독특한 향으로 비자나무만의 은근한 향기가 마음을 이끈다. 역사적으로 보더라도 많은 수난을 당하며 살아남은 나무들로 동국여지승람, 조선왕조실록, 세종실록에 의하면 1421년 등 조정에 바치는 세공歲貢에 대한 지역의 품목으로도 기록이 되어 있다. 당시 비자나무 열매를 조정에 보내는 일로 얼마나 시달렸을까를 짐작케 한다.

- 차송수치유칙대此松雖稚留則大 : 이 잔솔 지금은 어리지만 그대로 두면 크게 자랄 터이라
- 발출화근나득용拔出禍根那得慵 : 화근을 뽑아버리는 일 어찌 게을리 하오리까.
- 자금과발여과종自今課拔如課種 : 이제부턴 소나무 뽑아내기 소나무 심듯 할 일이니
- 유잔잡목료어동猶殘雜木聊禦冬 : 잡목이나 남겨두면 겨울에 회목으로 쓰겠지요.
- 관첩조래색비자官帖朝來索榧子 : 오늘 아침 공문이 내려와 비자를 급히 바치라 하니

• 차발차목산문봉且拔此木山門封 : 장차 이 나무도 뽑아버리고 절간문 봉
해야겠네요.

• 승발송행(僧拔松行 : 스님이 소나무를 뽑는구나) 중에서 /정약용丁若鏞

조선시대는 의학이 발달하지 못한 시절의 민간요법 약으로 비자나무 열매는 구충제로 이용되어 오는 바람에 귀하게 여겼던 것 같다.

비자나무는 온대성식물로 분포지역으로는 제주도와 전라도 백양산, 내장산 지역으로 자생함으로 흔한 나무는 아니었던 것 같다. 이 외로는 남부지역에서 자라는 수백 년생의 소중한 나무들로 천연기념물로 지정된 곳을 제외하고는 그리 많지가 않다.

열매를 보면 마치 풋살구 열매나 은행같이 씨껍질種衣로 푸른빛이다가 가을이 되어 익으면 보랏빛으로 변하여 간다. 육질의 껍질을 벗겨내면 안에는 은행마냥 딱딱한 각피질로 덮여 있다. 마치 아몬드 알맹이 같이 짤쪽하게 생겼다. 이를 깨고 내용물을 보면 땅콩 같다. 먹어보면 약간 씁싸름한 듯한 느낌이면서도 쓰지는 않으며, 고소함도 아니며 그렇다고 단맛이 나지도 않지만 입안에서 거부감이 없이 먹어지는 개암 같은 맛이 나기도 한다.

어느 책에 보면, 충북 음성군 생극면 팔성리에는 500년 된 비자나무가 있다고 수록되는 바람에 많은 사람들이 충북에도 비자나무가 자라고 있는 것으로 착각을 하고 있다. 이는 비자나무가 아니고 개비자나무다. 그 외 충북 속리산 계곡에는 눈개비자나무가 자생하고 있다. 이를 1985년경에 속리산 지방 사람이 언론사에서 비자나무가 자생한다고 신문사 기자에게 알려 이를 확인도 하지 않고 보도하는 바람에 잘못 발표를 하게 되었던 적도 있었다.

중부 지방에서는 실제로 비자나무를 보고 싶으면 충북산림환경연구소 미동산수목원에 가면 볼 수가 있다. 연구 자료로 인공 식재한 15여 년생 되는 비자나무 다섯 그루가 부적합한 환경을 적응하며 근근이 살아가고

있다.

5월초면 꽃도, 가을이면 열매의 모양도 직접 느껴볼 수가 있다. 또한 개비자나무와도 비교하여 식별을 체험하여 볼 수도 있다. 비자나무가 자라는 생태를 보면, 남부 수종이지만 충북 지역의 아늑한 계곡에서도 자랄 수 있음을 증명하여 주고 있다.

누구나 비자나무와 개비자나무를 처음 대하게 되면 식별이 쉽지가 않다. 어린 나무는 외모적으로 더더욱 구별이 잘 안 된다. 일반 수목학 상식으로 비자나무는 교목으로 수고가 15미터 이상의 크기로 자라며 대경목大徑木으로 자라고 있다. 개비자나무는 반대로 관목 형태로 4미터 이하로 자란다. 줄기는 소경목으로 굵지가 않다.

잎을 보면 그 형태가 참빗 모양이다. 마치 비非자의 모양을 닮았다하여 이런 연유로 상형한자로 비자榧子라는 이름을 얻게 되었다고 전한다. 비자나무는 잎의 끝은 뾰족하며 억세어 손으로 만져 보면 찌르는 아픔을 느끼

지만, 개비자나무는 보드랍다. 비자나무 열매는 껍질이 녹색에서 가을이면 보랏빛으로 익는다. 개비자나무 열매는 녹색에서 붉은빛으로 익는 점이 다르다.

비자나무는 따듯한 남부 지역의 한계를 이루어 자생하지만 개비자나무는 중부, 경기지방까지 자생하며 음지에서 잘 살아남고 있어 수목경관의 하층목으로 식재하기도 하다. 두 수종 모두가 암수가 각각 따로 있다. 충청도 내 고향 산천에도 비자나무숲을 만들어 놓고 싶은 마음이 은근히 솟구친다.

노간주 나무의 암꽃과 수꽃이 성장하는 모습

비자나무 열매

비자나무 암꽃이 성장한 모습

삼杉나무

삼나무 암꽃과 수꽃

●●● 60여 년 전이다. 우리나라 마을 주변 산은 온통 민둥산이었다. 여름에 소낙비가 내리면 해마다 산사태로 시달렸던 때가 있었다. 다행히 1973년부터 제1차 치산녹화사업 10개년계획으로 황폐되었던 산지는 푸르러 가기 시작하였다.

나는 83년도 일본에 갈 기회가 있었다. 닛코日光 지방의 수백 년 묵은 몇 아름이 넘는 삼나무들로 이루어진 숲은 잊을 수가 없다. 대나무처럼 쭉쭉 곧은 사십여 미터 높이의 나무들은 기밀다웠다. 어떻게 이처럼 자랄 수가 있을까. 은은하게 밀려오는 삼나무의 향내는 온 정신을 맑게 만들었다. 숲의 아름다움에 매료되어 발길이 떨어지지가 않았었다. 삼나무 통째로 반듯반듯하게 지은 집들도 탐이 났었다.

86년에는 교토京都 지방에서 머물렀던 때가 있었다. 교토대학 조원학 연구실에서 산림박물관 견학을 갔던 때다. 삼나무로 만든 다양한 목공예품과 생활용품들을 관람하였다. 예술인들의 솜씨가 참으로 놀라웠다. 감탄하여 '손으로 쓴 예술'이란 책을 샀었다.

가난하던 내 어린 시절 아버지는 장날이면 황개비와 당성냥을 사왔다. 황개비로 어둠을 요긴하게 밝히던 기억이 아련하다. 요즘 젊은이들은 그 단어조차 들은 바가 없을 것이다.

어느 날은 아버지는 장에서 주먹만한 노란 황덩어리를 사들고 오셨다. 꼭 딱딱한 송진덩어리나 비슷하였다. 무엇을 하는데 사용하려는 걸까. 궁금하였다. 며칠 후 할머니 산소 옆에서 자라던 손목보다 몇 배 더 굵은 소나무를 베어오셨다. 마당가에서 나무껍질을 모두 벗겨내니 하얀 속살이 드러났다. 울안이 향긋한 소나무 향기로 가득했다. 속껍질을 입에 대니 감미로움이 혀끝에 느껴온다. 늦은 봄이면 소나무 상순에 물이 오르면 꺾어서 겉껍질을 벗겨내고 하얀 속살을 먹었던 기억이 떠올랐다. 이를 송곳내서 만들어 먹는다고 표현하였다.

아버지는 껍질이 벗겨진 나무토막을 담에다 비스듬히 기대 놓고는 낫으로 정성들여 길쭘하게 종잇장만큼이나 얇게 빗어 내셨다. 그리고는 한쪽 끝을 뾰족하게 만드시고는 싸리나무발 위에다 나란히 펴서 양쪽 끝이 말리지 않게 긴 막대기로 눌러 가을볕에 말렸다. 속살이 하얀 빛깔은 아름다운 무늬로 발그레한 빛을 발하기도 하였다. 그제서 짐작이 갔다. 며칠 동안 말린 후에 마당가에 화롯불을 내다 놓은 후, 숯불 위에 금이 간 사발을 올려놓고 유황덩어리를 녹였다. 바싹 마른 하얀 소나무 개피는 마치 기다란 장닭 꼬리 모양이다. 소나무개피의 뾰족한 끝에다 유황물을 묻혀 놓으니 영락없이 장에서 사오던 황개비가 되었다. 이렇게 만들어 이웃과 정을 나누며 살았다.

우리나라는 50년대만 하여도 시골은 이런 삶으로 살아가던 시절이었다.

어릴 적에 맡던 향긋한 소나무 향내며, 파란불이 일어나던 유황이 타는 냄새는 숨 막히게 답답했다. 향기로운 향내를 싫어하는 사람은 아마도 아무도 없을 것이다. 향기 중에는 식물로부터 풍겨지는 향이 제일 향기롭고 자연스럽다. 나는 향기 중에서도 침엽수에서 풍기는 향내를 좋아한다. 그 중에도 일본에서 처음으로 맡았던 삼나무 향기는 잊히지가 않는다.

우리나라 산야는 60년 이후 인공조림으로 아름다운 숲이 조성되어 진 곳이 많다. 그 수종들 중에서도 제주도 지방에 식재된 삼나무 숲은 가장 인상적이다. 삼나무는 따듯한 남부 지역에서 잘 자라지만 우리나라 자생종은 아니다. 이 나무는 1900년경에 일본으로부터 도입된 수종으로 알려져 있다. 삼나무는 침엽으로 상록수이며 곧게 자라 울창한 숲을 이룬다. 제주지방에서는 조림도 하였지만 밭가에는 방풍림 역할로 식재되기도 하였다.

삼나무 꽃은 이른 봄에 암꽃과 수꽃이 한 나무에 같이 피는 자웅동주이다. 풍매화로 꽃가루가 바람에 날려 수정이 이루어진다. 봄이 되면 꽃가루가 많이 날려 인체에 아토피 피부염으로 피해를 주고 있어 신경이 쓰이는 나무다. 소나무 꽃가루는 송화다식을 만들어 먹지만, 삼나무 꽃가루는 먹는다는 이야기는 들어보지 못했다. 삼나무는 피톤치드를 생성하는 삼림욕에 유요 수종으로 알려져 있다.

한국에는 소나무 문화가 있다면, 일본은 삼나무 문화로 비교할 수가 있다. 소나무는 건조하고 산성 땅에서 잘 견디며 자란 강인한 나무이다. 삼나무는 습한 지역에서 수고도 몇 배 이상 자라지만 목재는 연약한 나무이다. 임진왜란 당시 이순신 장군은 소나무로 만든 12척 배로, 일본의 삼나무로 만든 130여 척의 배를 물리쳤다. 이처럼 삼나무보다 소나무는 옹골차고 야무지다.

조선왕조실록을 보면, 삼杉나무에 관한 표현이 등장한다. 그 내용들은 이러하다.

성종 19년(1488년), 전前 사직司直 최부崔溥가 수차水車를 만들어 바쳤다는 기록으로 그 제작하는 나무로 기계에는 삼杉나무를 쓰고 있다고 하였다. 연산군 일기(1503년)에는, 새 길을 따라가는데 삼杉나무 회檜나무가 울창하여 땅에 풀이 나지 않아 이틀 밤을 지나서 말에게 모두 나뭇잎을 먹이게 되므로, 사람과 말이 지치고 쓰러진다는 보고도 있다.

중종(1533년)에는, 신南孝義이 경사에 갈 때 잇가나무伊叱可木에 대하여 확실히 알아오라는 전교가 계셨는데, 경사에 도착하여 물었더니 아는 이가 없었고 서반들 말로는 그것이 필시 삼목杉木일 것이라고 하였습니다. 신이 이곳에도 있느냐고 물었더니 있다고 대답하기에, 명의名醫에게 물었더니 그는 '삼목은 진液이 없는데 이것은 진이 있는 것으로 보아 필시 회목檜木일 것이다.' 하였고, 태의사太醫司에 물었더니 그들 역시 서로 이것이다 저것이다 하면서 의견이 일치되지 않았으므로 분명한 해답을 얻을 수가 없었습니다. 라는 상고도 있다.

조선 숙종 39년(1713)은, 백두산과 어활강의 중간에는 삼나무杉樹가 하늘을 가리어 해를 분간할 수 없는 숲이 거의 3백 리에 달했다는 내용이다. 정조(1793년)을 보면, 화전터를 답사해 보면 삼杉 나무나 회檜 나무가 벌써 아름드리 자라 있는 경우가 많다는 상소문도 있다.

조선왕조실록에 나오는 삼나무의 표현은 어느 수종을 지칭하는 지 정확하지가 않다고 여겨진다.

중부 이북지방에서 자생하는 잎갈나무, 분비나무, 가문비나무, 종비나무 등을 지칭하였거나 전나무로 그 구분이 명확하지가 않았던 것으로 생각된다. 식물분포 상으로 살펴보아도 일본 삼나무는 아님을 알 수 있다.

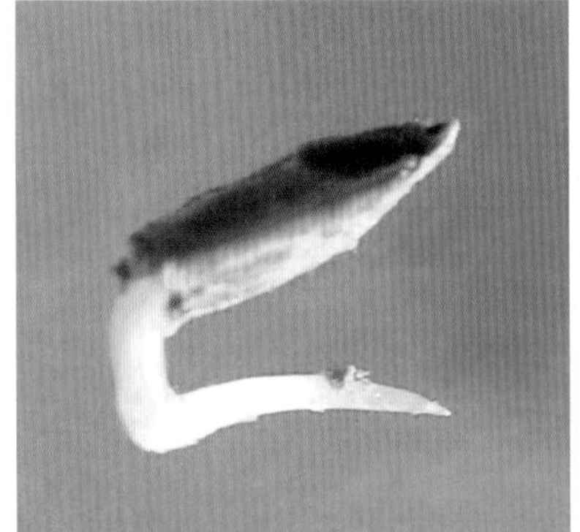

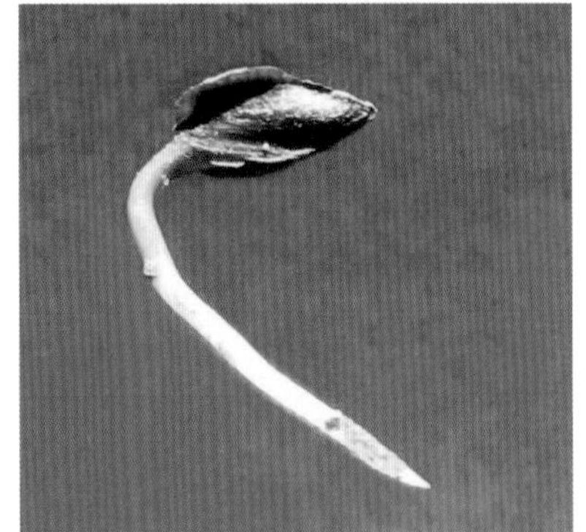

삼나무 씨 발아 과정

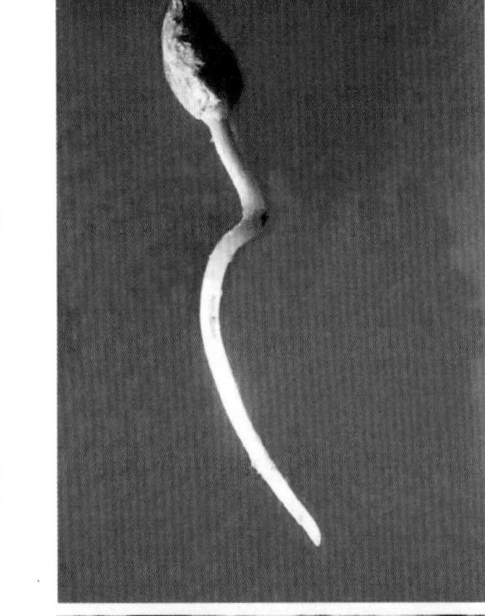

삼나무 발아 성장 과정

삼나무

소나무

소나무 암꽃과 수꽃

●●● 바람이 일면 솔바람 소리를 듣고 싶고 바람이 자면 솔잎이 지는 소리를 듣고 싶다.

바닷가에 가면 파도소리가 좋고, 산에 오르면 솔잎에 이는 솔바람 소리가 좋다. 아마도, 소나무를 싫어하는 이는 아무도 없을 것이다. 소나무의 잎에서 묻어나는 청솔가지 타는 은은한 향기는 고향의 냄새가 묻어있는 것 같고, 생소나무에 배어 있는 향기는 백의민족의 향내가 아닌가 싶다.

정송오죽淨松汚竹, 즉 깨끗한 땅에는 소나무를 심고 지저분한 땅에는 대나무를 심는다고, 소나무는 오염되지 않은 토박한 땅에서 자란다.

소나무를 바라보면 조선조 시대의 추사秋史 김정희의 세한도歲寒圖가 생각난다. 김정희가 윤상도尹常度의 옥獄에 관련되어 제주도로 귀양살이를 할 때 사제간의 의리를 지킨 것에 감탄하여 이상적李常迪에게 스산한 겨울 분위기에 소나무와 잣나무가 서 있는 모습을 그려준 것으로 추운 겨울에도 시들지 않는 사제지간의 마음을 표현한 지조와 절개를 담았음을 어찌 높이 사지 않을 수 있을까. 그림에서 소나무는 장수長壽를 뜻함이요, 영원을 뜻하여, 송수천년松壽千年, 송백불로松柏不老라 하며 십장생十長生의 하나로도 삼고 있다

중국의 재정고梓丁固란 사람이 어릴때, 꿈에 소나무가 배위에 돋아났는데 해몽가가 말하기를 송松은 한자로 풀이하면 십팔공十八公이니 십팔년 후면 공公에 오를 것이다 하여 열심히 노력하니 18년 후에 재상의 벼슬을 했다고 전해온다. 이로부터 소나무의 꿈은 행운이 다가올 징조로 해몽을 한다.

조선시대에는 사람도 아닌 소나무가 정이품의 벼슬을 받아 우대를 받으며 아직도 살아 남아 있다. 세조가 난치병으로 속리산 법주사의 약수를 마시러 가다가 가마가 소나무 아래를 지나게 될 때 가지에 가마가 걸릴 것 같아 임금이「연 걸린다」하고 소리를 지르니 소나무 가지가 번쩍 하늘로 쳐들려 무사히 지나갈 수가 있게 되자 이를 기이하게 여겨 벼슬을 내리게 되었다고 전해 온다.

소나무를 옛부터 묘지 주변에다 심어왔고 길흉화복에 연관을 시켜 왔

으며 살아생전에는 소나무로 지은 집에 살고 죽어서도 소나무로 만든 관 속에 담겨 땅에 묻히는 불가분의 인연이기도 하다.

조선시대에는 소나무를 보호하려고 봉산封山과 금산禁山을 정하여 소나무를 함부로 베지 못하게 하고 「경국대전經國大典」, 「속대전續大典」, 「대전통편大典通編」에 송금제도松禁制度를 법령으로 만들기까지 한 것으로 보아 소나무를 귀하게 여겨 왔음을 알 수 있다.

조선조 정조正祖 임금은 부친인 사도세자를 수원으로 이장 후 소나무를 심고 보호 관리를 하였는데 땔감이 부족했던 마을 사람들이 소나무를 베어가 밑둥만 남게 되었다. 임금은 이런 폐단을 막기 위해 나무가지에 엽전을 매달아서 정이나 나무를 베어갈 처지라면 엽전으로 나무를 사라고 하는 뜻을 담아두자 나무꾼들은 깊이 감동하여 나무를 벨 수가 없게 되었단다.

옛날에 양송천梁松川이란 사람이 고을 원님이 되어 집을 짓게 되었을 때 목수는 상량하며 톱질을 하고, 송천은 친구와 더불어 그 아래에 앉아 술을 마시고 있는데 어디서 날아왔는지 솔씨 한 알이 소반 가운데로 떨어졌다. 송천이 아이를 불러 동산에다 심으라며 "후일에 이 솔이 자라거든 베어다 관판을 만들거라" 하였다. 옆에 있던 친구가 하는 말이 "그 솔이 장대하여 열매가 맺게 되면 씨를 따다 뿌려 자라거든 내 관재를 하리라" 하였다. 이를 듣고 있던 목장이 말하기를 "훗날에 두 분이 하세下世 후에 소인은 그 나무로 마땅히 두 분의 하관을 짜리다." 하여 두 사람은 박장대소를 하고 곡식 닷섬을 가져와서 그 말에 대한 상을 주니, "슬프다, 사람의 운명의 짧고 길음이 어찌 사람의 입에 있으리오" 하더란다.

성주풀이에 보면 성주신과 솔씨의 근본은 경상도 안동땅 제비원으로 성주는 천상의 천군에 있다가 하늘에서 오는 제비를 따라 제비원에 들어가 숙소를 정하고 집짓기를 원하여 제비원에서 소나무 종자를 받아 산천에 뿌리게 되어 퍼지게 되었다고 전한다.

소나무 숲을 보면 나무 밑에는 풀 중에 김의털이 잘 자라고, 나무로는

소나무 암꽃

진달래, 철쭉이 잘 산다. 소나무는 언제 어디서 보나 고고하면서도 선비 같다는 생각이 든다.

산에서 도를 닦는 사람은 솔잎을 먹고 산다고 하지만, 산촌에서는 송화가 필 때면 송화가루를 받아다 다식을 만들어 먹는다. 한가위에는 솔잎을 따다가 송편을 쪄 먹고, 푸른 솔방울과 새순으로 술을 빚고, 송진을 내어 약재를 만들고, 솔가지를 쳐서 말려 두었다가 요긴한 땔나무를 만들기도 하였다. 관솔을 따다가 밤에는 어둠을 밝혔고, 그 외 황개피를 만들어 쓰기도 했다.

소나무의 쓰임새는 이뿐이 아니다. 함지박도 만들었고, 집을 지을 때 목재로는 제일이며 거북선도 소나무로 만들어졌다. 일본의 법륭사法隆寺에 있는 국보1호인 불상佛像도 소나무로 만든 거란다.

소나무 중에는 강원도의 금강소나무나 전라도의 춘향목이 유명하고, 숲으로는 충남의 안면도를 손꼽겠지만 강원도 영월의 청령포淸泠浦 소나무 숲도 빼놓을 수가 없다.

단종端宗의 슬픔이 서려 있는 곳으로 그 숲속을 거닐면 지난날의 아픔이 아직도 가슴으로 안겨온다. 단종이 노산군魯山君으로 강봉되고 15세의 어린 나이로 유배되어 머물던 곳으로 아직도 수백 년 묵은 소나무만 말없이 서 있다. 소나무 숲속에는 노산군이 소나무 위에 올라가 놀았다는 육백년 된 관음송觀音松이 오고 가는 이의 발길을 멈추게 하고, 비바람에 깎인 채 서 있는 금표비禁標碑 앞에 서니 더욱 마음이 저려온다.

서강西江의 물은 예나 지금이나 삼면을 가로 막고 유유히 흐르는 물결소리는 노산군을 모시어다 청령포에다 가두어놓고 서울로 떠나가던 전날 밤에 왕방연이 냇가에 앉아 읊었다던 시조時調 소리 같다.

『천리 머나먼 길에/ 고운 님 여의옵고/ 이 마음 둘 데 없어/ 냇가에 앉았으니/ 저 물도 내 안 같아서/ 울며 밤길 예노매라.』

노산군은 밤이 와도 잠을 이룰 수가 없었으며 밤은 깊어 삼경인데 달은 소나무 가지사이로 밝고 어디서 우는지 두견새 울음소리만이 애절하게 가슴을 파고 들었으니 그 심정 오죽 하였을까. 노산군은 한많은 그 마음을 이렇게 읊어 놓았다.

『달 밝은 밤 두견 울 제 수심 품고 누 머리에 지혔으니 네 울음 슬프거든, 내 듣기 애달파라. 여보소 세상 근심 많은 분네 애어 춘삼월 자규루에 오르지 마소.』 하였으며 또한 이렇게도 적어 놓았다.

한 번 원통한 새가 되어 임금의 궁을 남으로부터 외로운 몸, 짝 없는 그림자가 푸른 산속에 있도다. 밤이 가고 밤이 와도 잠이 깊이 아니들고, 해가 가고 해가 와도 한이 닿지 않는도다. 우는 소리 새벽 뫼부리에 끊이니 지샌 달이 희었고, 뿜는 피 몸 골짜기에 흐르니 지는 꽃 붉었도다. 하늘은 귀먹어 오히려 애달픈 하소연을 듣지 아니하시거늘, 어찌다 수심 많은 사람의 귀만 홀로 밝았는고. 라고 하였다.

청령포의 관음 송아, 너는 노산군의 영혼과 함께 애달파 솔 바람소리로나마 오늘도 그렇게 울고 우느냐.

소나무 암꽃

소나무 암꽃

소나무 암꽃

소나무 암꽃

소나무 수꽃

소나무 암꽃과 수꽃

곰솔의 암꽃과 수꽃

소나무 씨앗이 발아하여 성장하는
과정

솔송나무

●●● 식물 채집판을 걸머메고 울릉도로 떠나고 싶다. 울릉도에는 어느 섬보다도 왠지 정이 간다.

많은 희귀식물들이 자라고 있어 흥미로운 곳이다. 울릉도 식물 명명은 나까이 다케노신中井猛之進과 우에끼 호미키植木秀幹에 의해 지상에 발표되었다. 이 바람에 우리나라의 울릉도 희귀종 학명은 거의가 일본 식물학자의 이름이 붙어 있다.

솔송나무 씨앗이 발아하여 성장하는 과정

일본에서는 일찍이 1784년에 스웨덴의 식물학자인 툰베르기Carl Peter Thunberg에 의해 일본식물지Flora Japonica가 발행되어 일본 고유종에 대한 학명이 종속명으로 일본을 의미하는 'japonica'를 많이 붙였다.

우리는 가난한 나라임에 식물의 분류를 할 줄 몰라 내 나라에 사는 식물명마저 그 이름을 잃어버리고 말았다. 그 통에 우리나라 식물 이름에는 Thunb. Nakai 또는 Makino라는 학명이 붙었다. 모두가 가난하고 못 배운 죄에서 온 슬픔이다.

현재 우리가 부르는 일반명의 식물 이름은 언제, 누가, 붙여준 것들일까? 지금 우리들이 부르는 우리나라의 식물 이름은 다행스럽게도 1937년 정태현, 도봉섭, 이덕봉, 이휘재 식물학자들이 펴낸 '조선식물향명집'과 1949년 정태현, 도봉섭, 심학진 식물학자가 새로 약 1,000여종을 추가해 발간한 '조선식물명집 I, II' 로부터 식물 이름이 알려지게 되었다. 아마 이분들이 계시지 않았더라면 어찌되었을까? 참으로 고마운 분들이다.

전에 울릉도로 해변 상록수 식물 채집을 갔던 기억이 새롭다.

은사님의 연세가 여든 살인데도 984미터의 성인봉을 함께 올라갔다. 내려오던 날은 때 이른 눈이 내렸다.

그래도 무엇보다 울릉도에만 자라는 솔송나무를 꼭 보고 싶었다. 이튿날은 잔설이 남아 있는 태하령을 찾아갔다. 경사진 길모퉁이에서 천년은 되었을 솔송나무가 딱 버티고 서 있다. 둘레는 두 아름에 높이는 20여미터는 되었을 나무를 끌어안아 보며 감탄을 했다. 늠름한 기상의 솔송나무에 절로 고개가 숙여졌다. 이곳저곳을 둘러보며 원시림 같은 푸른 숲의 신비감에 푹 빠져 있었다. 이 고료로움의 자연 속에 신선이 된 기분이다.

많은 산을 올라가 보았지만 이처럼 아름답고 청초하며 청량함은 처음이다. 은사님은 내려오던 눈길에 미끄러져 10여미터를 굴러 넘어지셨다. 그때 채집통만 메지 않으셨더라면 바위에 머리를 짓찧을 뻔했던 아찔한 사고였다. 한동안 일어서질 못하고 누워 계셨다. 무릎의 상처로 피가 흘러내렸다. 병원도 없는 수십 리 길에서 이만하기가 천만다행이셨다. 타고

왔던 택시를 돌려보내지 않고, 산기슭에 대기시켜 놓기를 잘했었다.

그 세월도 벌써 십년이나 지났다. 은사님은 금년이 아흔둘이시다. 아직도 학문에 손을 놓지 않으시고 충남 부여 지방의 보호수 조사를 하고 계시는 그 열정은 대학에 근무할 때나 지금이나 변함이 없으시다. 젊은 시절 정태현 박사와 식물 채집을 다니셨던 회고담을 들을 적마다 늘 재미있다.

울릉도 식물조사는 조선총독부 편으로 1917년 나까이 다케노신(中井猛之進) 박사가 372종 중 특산식물 30여종을, 우에끼 호미키(植木秀幹)가 447종이 자생함을 1935년에 발표하였다. 그후 도봉섭(都逢涉-藥專)씨는 솔송나무가 흉고직경 1미터고 수고가 25미터가 되는 나무와, 도로변에 서 있는 둘레가 4미터 이상 되는 큰 나무가 있다고 하였다. 이처럼 큰 솔송나무가 자생하고 있음을 이미 1937년에 발표를 하였다. 그러나 최근에는 수령이 1,000년에서 1,500년 된 나무가 자라고 있다고 발표를 하였지만 사진을 보면 바로 도로변에 우뚝 서 있는 그 솔송나무였다. 새로운 솔송나무를 발견하여 발표한 게 아니다.

순수한 우리 고유의 명인 솔송나무를 어떤 이는 억지로 한자를 써서 솔송率松이라고 쓰는 이도 있다. 1937년에 펴낸 조선식물향명집에도 보면 한자가 없이 그대로 솔송나무다. 솔은 소나무 자체를 가리키는 이름이다. 잎이 엉성한 솔(소나무 잎)처럼 되어 있어 솔이란 이름이 지어졌다고 한다. 송松은 예로부터 중국의 진시황이 길을 가다 나무 밑에서 비를 피해 가게 되어 나무에 고마움을 표하기 위해 공작 벼슬을 내리게 되었다. 나무목(木)에 공작 벼슬인 공公자를 붙여 소나무송松자가 붙여져 소나무를 송목이라고 부르게 되었다 한다.

솔송나무를 처음에 이름을 부르게 된 이유는 아마도 솔나무처럼 생겼지만 소나무가 아님을 구분 짓기 위해 솔에다 송자를 더하여 솔송이라 부르게 된 게 아닐까. 솔송나무는 우리나라에는 울릉도에서만 자라고 있다. 소나무처럼 생겼으나 그 모습이 서로 달라 다르게 부르던 명칭이었던 것으로 생각된다.

모란꽃을 표현할 적에 화중지왕花中之王이라 하였다. 꽃 중에 꽃이라 하였듯이 솔송나무도 솔나무 중에 진짜 소나무 같은 나무라는 의미일 것 같다. 울릉도에는 주로 활엽수로 소나무가 자생하지 않았다. 그러나 나리분지 쪽에는 1930년경에 소나무를 조림하여 적은 면적 내에 듬성듬성 자라고 있을 뿐이다.

일본에서는 솔송나무를 모(栂-つが)로, 나무 목木자에 어미 모母자를 붙였다. 모母자는 어머니의 젖을 상징하는 의미함에서 붙여진 듯하다. 즉 소중한 어머니 나무임을 뜻한다. 중국에서는 철삼鐵杉이라 부른다. 거목으로 자라며 철처럼 단단하며 늘 푸르다는 의미일 것이다. 철처럼 희다는 뜻도 담고 있음이다.

솔송나무는 얼핏 잎을 보면 마치 주목나무와 같은 느낌이다. 잎의 뒷면이 기공선이 있어 희고 잎은 짧으며 끝이 오목하게 들어가 있다. 가늘은 줄기는 아래로 늘어지며 수꽃은 가지 끝에 붉은 자색 빛을 담아 작게 짤족한 모습으로 피어난다. 솔방울은 작으며 어릴 적에는 꼭 번데기 모양처럼 생겼다. 솔방울은 완전히 익으면 꽃이 핀 듯이 인편鱗片이 활짝 펴져 매달려 있다. 그 모습도 앙증맞아 볼만하다.

어떤 나무는 외대로 자라지만 어떤 나무는 많은 가지를 펴내 둥그렇게 자란다. 최근에 와서는 조경수로 심기도 하지만 많이 알려져 있지는 않다.

금년에는 꼭 기억하고 있다가 솔송나무 씨를 구해서 파종을 하여 길러 보리라. 울릉도의 추억을 회상하며 솔송나무의 은은한 향기에 취하여 보고 싶다.

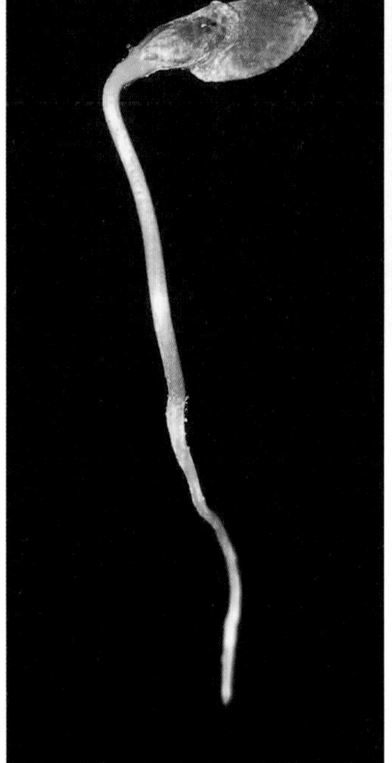

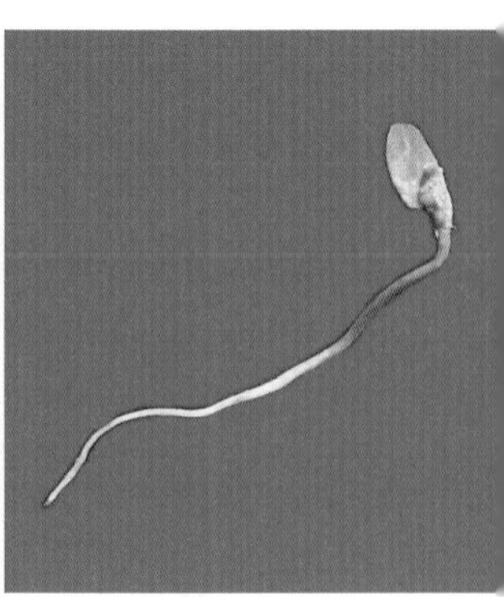

솔송나무 씨앗이 발아하여
성장하는 과정

솔송나무 열매 성숙 과정

은행나무

●●● 우리 속담에 "마주보아야 열매를 맺지"라는 의미는 은행나무를 두고 한 말이다. 은행나무는 수나무와 암나무가 따로 있어 가까이 있어야 열매가 열린다는 뜻이다. 사람이 마주 보고 대하여야 더 인연이 깊어짐을 은행나무에 비유하여 표현함이다.

은행나무는 중국이 원산으로 세계 1속 1종의 나무로 지구상에서 가장 오래 살아남은 화석식물로 알려져 있다. 씨를 할아버지가 심으면 손자 대에 가서나 열매를 딸 수 있다 하여 일명 공손수公孫樹라고도 부른다. 그만큼 오랜 세월이 걸려야만 열매가 달린다는 기다림에서 한 말인 듯싶다.

은행나무 수꽃

그러나 조림학 실습 경험에 의하면, 종자를 파종해서 15년 정도가 되면 열매가 조금씩 달렸다. 종자를 파종할 적에는 언제 자라서 열매가 열리게 될까 궁금하기도 하였다. 무럭무럭 자라던 은행나무에서 우연히 열매를 발견하였을 때 마음이 흐뭇하였다.

예전에는 은행나무를 귀히 여겼다. 천년의 세월을 두고 사는 나무로 푸른 잎은 가을이면 황금부채로 변하여 황홀하게 만든다. 아마도 은행잎 단풍만큼 정감이 가는 나무도 없을 상 싶다. 잎에는 살균, 살충성분을 함유하고 있어 벌레가 꼬이지 않아 단풍잎이 깨끗하다. 잎을 가만히 들여다보면 오리가 뒤뚱뒤뚱 걸어가는 오리발 모양으로 생겼다하여 압각수鴨脚樹라고도 부른다.

은행나무는 유서 깊은 나무로 그 지역의 이름 있는 절이나 향교, 사당에는 수백 년 묵은 나무들이 서 있다. 이런 나무들은 저마다 전설을 다 갖고 있지만 청주중앙공원의 압각수는 동국여지승람에 그 일화가 역사로 남겨 있다. 고려 공양왕 때 누명을 쓰고 청주 감옥에서 옥살이 하던 이색李穡과 권근權近 등, 10여명이 감옥에 있을 때 큰 홍수가 나서 압각수에 올라가 생명을 구하여 살아났다. 공양왕은 이런 이야기를 전해 듣고

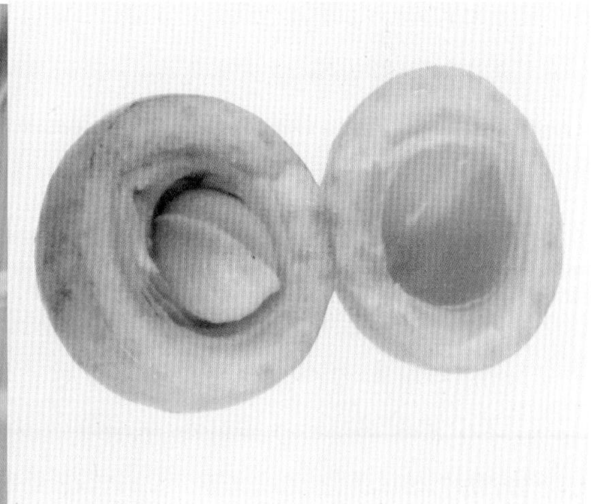

은행나무 암꽃과 열매

하늘은 이들에게 죄가 없음을 보여준 것이라 하여 석방을 하였다 한다. 은행나무의 암꽃과 수꽃은 푸른 잎이 피어났을 5월에 잎겨드랑이에 숨은 듯 피어난다. 더군다나 암꽃은 녹색으로 색깔도 잎과 비슷하여 관심을 갖기 전에는 여간해서 보기가 힘들다.

일반 식물은 화분으로 수분이 이루어지고 있다. 그러나 은행나무만큼은 화분이 자라서 정자로 변하여 수정이 이루어지려면 4개월 이상 걸리는 게 식물학 상으로 특징이다. 은행나무의 화분이 정충을 가졌다는 사실도 1896년 히라세(平瀨作伍郎)라는 일본 학자가 처음으로 발견하여 세계를 놀라게 하였다고 한다.

우리나라는 은행나무가 70년대 이후 경관수종 또는 가로수로 선호하면서 많이 식재를 하였다. 또한 잎이 두꺼워 공해에 대한 적응력이나 내화성耐火性이 강한 조경수로 알려져 있다. 목재는 재질이 단단하고 벌레가 잘 먹지를 않아 고급재로 사용되며, 특히 수축이 적어 바둑판을 만들기도 한다. 조각의 재료로도 유용한 나무이다.

열매가 귀했을 때는 은행나무를 소중하게 여겼으나 지금은 흔하다보니 고약한 냄새로 암나무를 싫어하고 있다. 은행에는 다양한 성분이 많이 들어 있어서 폐결핵과 천식환자가 오래 먹으면 약리작용으로 효과가 있어 예로부터 민간용약으로 널리 알려져 왔다.

요즘은 은행잎에 징코민 성분이 많이 함유되어 있다하여 약용으로 이용하며, 성인병 예방에 효과가 있는 것으로 밝혀져 현대의학에서 많은 연구가 진행되고 있다.

예전에는 귀하게 여겼던 열매이었지만, 가을에 떨어진 열매의 과육에서 향기롭지 못한 냄새가 나는 이유로 천대를 받는다. 그러나 과육을 발효시켜 민간요약으로 천식에 사용한다고도 한다.

번식 방법은 정선한 종자를 가을에 습기가 있는 깨끗한 모래에 묻어두었다가 봄에 파종하면 발아가 잘 된다. 노천매장을 하지 않았을 경우에는 일주일 정도 맑은 물에 5일 정도 담가 두면 은행이 불어서 가라앉는다.

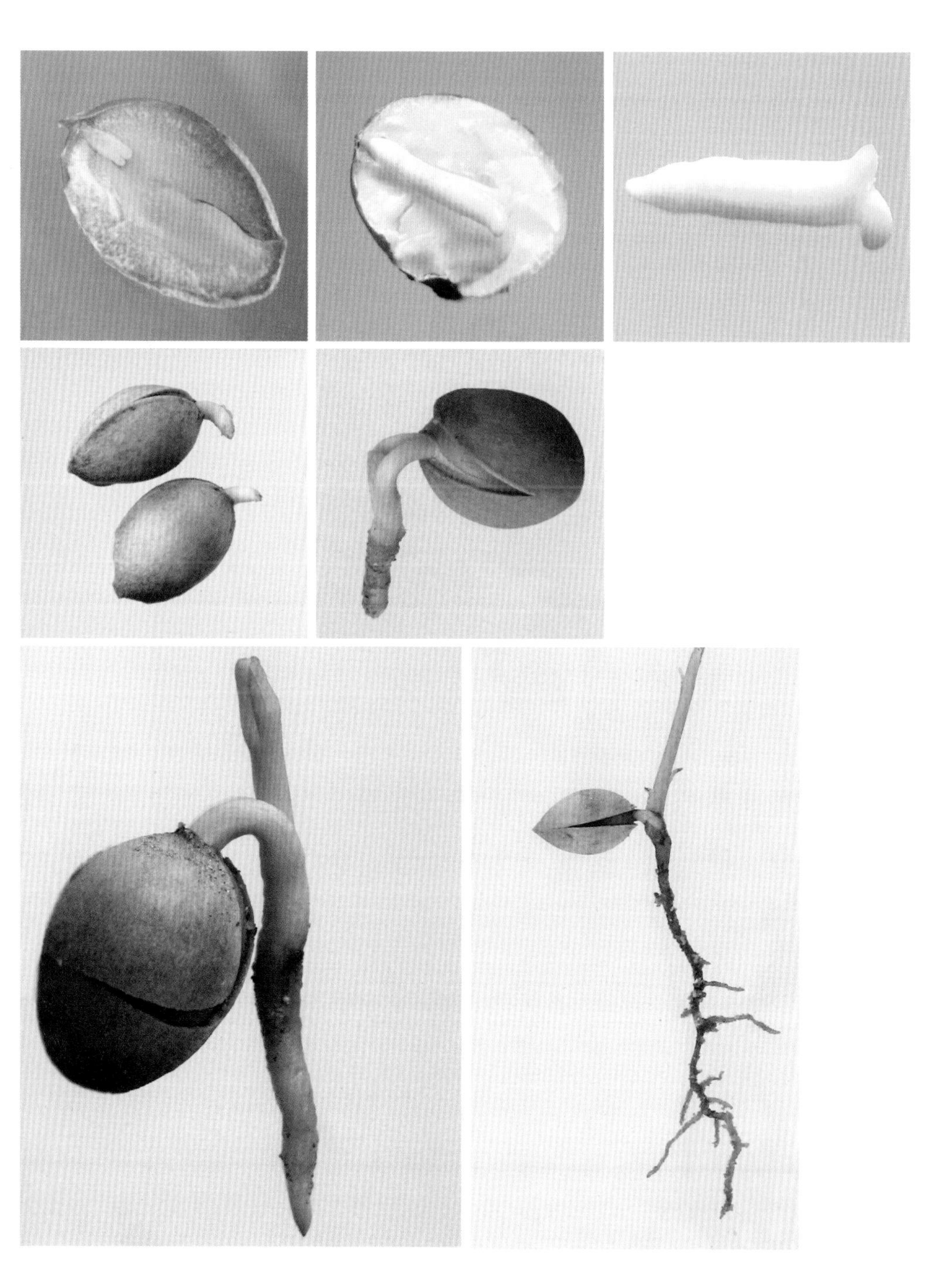

은행나무 씨앗 발아 성장 과정

바닥에 가라앉은 종자를 건져서 파종을 한다.

파종은 묘판에다 얕게 고랑을 만들고 5cm 정도 간격을 두고 한 개씩 심고, 종자의 두 배 정도가 되게 고운 흙으로 덮고 건조하지 않게 짚을 덮어준다.

한 달 후쯤이면 발아를 시작한다.

은행나무 씨앗

은행나무 열매

전나무

●●● 지구상에는 수백 종의 수목들이 자라고 있지만 저마다의 생태적인 특성을 지니고 있다. 습지에서도 삶을 버티는 나무가 있는가 하

면 사막 같은 건조지에서도 목마르게 사는 나무가 있다 그런가 하면 추위에 떨면서 견디는 나무도 있다. 밝게만 살아가려 노력하는 사람들 마냥 전나무가 그렇다.

전나무의 모습은 짜증스럽지가 않다. 언제 보아도 늠름하고 넉넉해 보인다. 하늘을 찌를 듯 곧게 뻗어 있는 우람한 줄기를 바라보고 있노라면 자신도 모르게 안아 보고 싶어진다. 의젓한 청년의 딱 바라진 가슴이기라도 한 듯 미덥게만 느껴진다. 밋밋하고도 흠집 없이 곧게 자란 아름드리 나무를 대하게 되면, 부잣집 대문 안을 들여다보는 마음처럼 흐뭇하기만 하다. 아래로 처지는 듯하면서도 사방을 균형 있게 죽죽 뻗어나간 가지는 은근히 마음을 끌어들이기도 한다.

심산 구곡으로 청아하니 자란 푸르름을 자랑이라도 하듯 조용히 서 있는 나무, 수많은 세월을 안고 묵묵히 아름 벌도록 연륜을 늘여 온 나무 앞에 서면 헤프게 살아온 지난날의 시간들이 부끄럽기만 하다.

선조들은 우람한 나무를 대하면 신성시하여 신으로 모셔 왔지만 오늘의 우리들은 나무를 베어다 돈으로 만드는 생각 뿐이다. 그러나 훗날의 사람들은 어떤 생각들을 할까.

전나무 숲은 걸으면 노인은 자기가 살아온 지난날의 인생을 떠올릴 테고 젊은이들은 연인과 함께 사랑의 언약을 하고 싶겠지. 어린이들은 전나무 같은 사람이 되고 싶어 할 거야.

식물학자는 나무의 생활사를 추정하고 싶어질 테고, 임업인은 수형목秀型木으로 지정하여 종자를 받아다 파종을 하고 싶겠지. 화가는 한 폭의 그림으로 남길게고 건축가는 아름다운 건물을 만들어야. 나는 이런 생각들을 하며 웅장하게 자란 전나무를 바라보고 있노라니 기가 질려 갔다.

골고다의 언덕에서 마지막 십자가에 못 박힌 그리스도, 그때 만들어진 십자가의 널판은 전나무이었다고 한다. 이런 연유에서인지는 모르지만 그 후 교회의 내부에 십자가를 전나무로 만들어 놓는다는 것이다. 또한 유럽 지방에서는 크리스마스 때는 전나무에다 크리스마스트리를 만드는 것이 하나의 관습처럼 되어 있다는 이야기를 들은 적이 있다.

이제는 우리나라에서도 정성스럽게 길러놓은 육, 칠 년생의 귀엽게 자란 전나무들을 화분에 담아 크리스마스트리로 만든다. 그러나 크리스마스가 지나면 헌신짝처럼 버림받은 채, 죽어 가는 전나무를 대하게 되면 너무도 안티깝다. 우리는 서구의 문화를 받아들여 오면서 모든 일을 쉽게 생각하기도 하고 매사를 대수롭지 않게 여겨 버리는 일이 허다하다.

그러나 전나무만은 그렇게 물들지 않는다.

구중심산에서 청청하니 살아가는 모습이야말로 과거시험을 준비를 하며 때를 기다리는 대쪽 같은 선비 같기만 하다.

언제인가 독일에서 있었던 이야기라 한다. 세 젊은이들이 여행을 떠난 적이 있었다. 가다보니 아름다운 숲이 있어 그 숲속을 가고 있자니 산책을 나온 아리따운 아가씨가 있었다. 세 젊은이들은 푸른 전나무 숲속을 걸어가는 아가씨의 아리따운 모습에 그만 모두 반해버리고 말았다.

세 젊은이들은 아가씨의 아름다운 모습을 그리며 서운한 마음을 안은

씨앗이 발아하는 성장 과정

채 손에다 들려 준 전나무 가지를 들고 길을 가고 있었다. 그렇지만 안타까운 마음은 잠시 뿐이었다. 세 사람은 여행을 하는 도중 얼마 안 가서 전나무 가지를 버리고 말았다. 그러나 그 중의 한 사람만은 그 아가씨의 아름다움을 못 잊어 전나무 가지를 버리지 아니하고 소중히 여기며 들고 갔다.

얼마만큼 가고 있을 때였다. 그런데 뜻밖에도 젊은이가 들고 있던 전나무 가지가 황금으로 변하여 있었다. 그 황금 전나무를 본 두 젊은이는 그제야 후회를 하며 전나무 가지를 버린 곳으로 달려가 보았지만 보이지 않았다. 아직도 독일에 있는 노이엔불크의 숲속에는 밤이 되면 전나무 가지를 찾고 있는 두 젊은이의 모습을 볼 수 있다고 한다.

예로부터 전나무는 행운의 나무로 전하여져 오고 있다. 이 같은 전설 때문에서인지는 모르지만 사람들은 전나무로 지은 집에 살고 싶어들 한다. 그러나 나는 전나무로 지은 집에 살기보다는 전나무 같은 인생을 살고 싶은 생각뿐이다.

전나무 수꽃과 암꽃

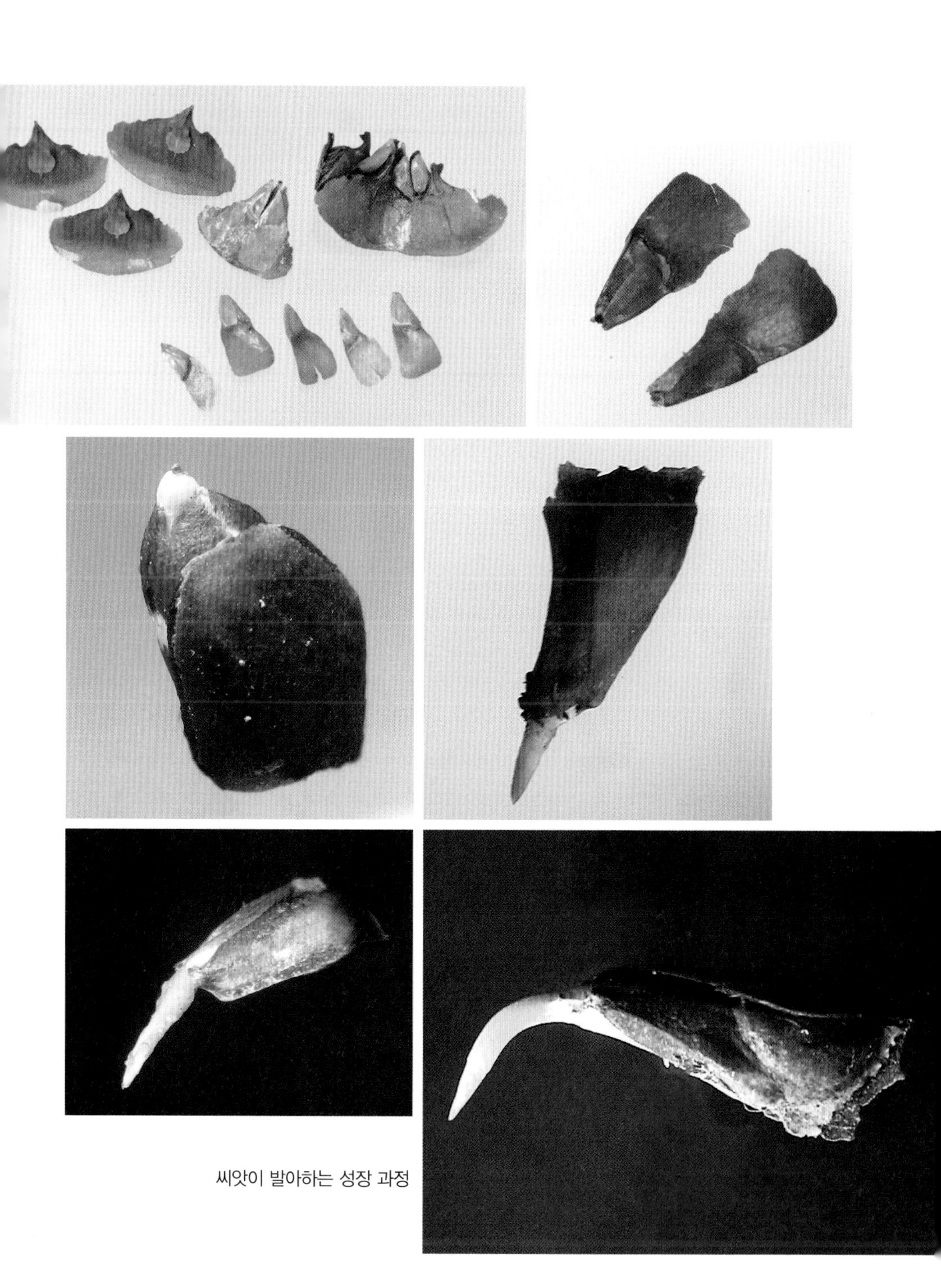

씨앗이 발아하는 성장 과정

씨앗이 발아하는 성장 과정

측백나무

암꽃과 수꽃

● ● ● 강물 위에 낚싯배가 한가로이 떠있다. 바람이 불 적마다 잔물결을 일으키며 석양노을에 흔들리는 모습이 여유롭다. 주인은 어디가고 백로 한 마리가 목을 앞가슴에 파묻고 졸고 있다. 강물은 말없이 흐르고 강산은 예나 다르지 않거늘 인생은 어찌 쓸쓸히 어디로 떠나가는가.

바라다 보이는 산기슭의 공동묘지에 측백나무가 여기저기 서 있다. 묘지 부근에는 왜 측백나무를 심는 것일까. 아마도 나무가 특유의 향기를 지니고 있어 벌레가 꼬이지 않아 심게 된 것이 아닌가. 측백나무는 다른 나무에 비해 잎이 특이하다. 손바닥을 펼친 것처럼 납작하게 측면으로 자라고 있어 그 연유로 이름도 모습대로 붙여진 듯하다.

잎의 모양을 자세히 들여다보면 비늘모양의 작은 잎들은 기왓장을 포개어 맞물려 이어져 가듯이 되어 있다. 끝은 약간 뭉긋하여 만지면 보드랍다. 열매는 뿔이 사방으로 솟아난 것처럼 생겼다. 푸른 잎에 마치 도깨비방망이가 다닥다닥 붙어있는 것 같다. 어릴 때는 열매를 따서 씨를 꺼내어 먹기도 하였다. 그 맛은 잘 기억되지 않지만 약간 떫은맛의 느낌이 들었던 생각이 난다.

바람에 흔들리는 가지를 바라보고 있으니 설악산 대청봉 부근에서 보았던 눈측백(찝방나무)이 눈에 어른거린다. 그 모진 찬바람을 이기며 낮게 누운 듯 자라고 있는 이유에서 그 명칭이 주어졌나보다. 눈측백나무와 측백나무는 그 형태는 같으나 수종이 다르다. 수종을 식별할 때 잎과 열매를 보면 쉽게 구분이 된다. 잎의 뒷면은 하얗게 서릿발이 낀 듯 특이하게 보인다. 잎의 모습은 마치 돛단배처럼 포개져 자라고 있다. 눈측백 잎이 돛이라면 대청봉은 돛배가 아니던가.

시경詩經 용풍鄘風에 나오는 백주柏舟를 타고 황하를 내닫고 싶다. 그 백주柏舟, (栢舟)는 어떤 나무로 만든 배인지 의문점이 생긴다. 옥편을 보면 백栢은 백柏의 속자로 나무 이름 백자로 되어 있음을 알았다. 중국은 측백나무에 해당함의 한자이다. 중국에는 수천 년 된 측백나무들이 사원 주변에 수두룩하다. 백주는 측백나무로 만든 배일까, 잣나무로 만든 배일까?

직접 확인하여 본 사람도 없으니 삼천년의 나무의 해석이 어떤 나무로 만든 배인지 추측에 의할 뿐이다.

우리나라의 한학자는 백주柏舟를 풀이할 때 잣나무로 만든 배로 해석함으로 누구든 그렇게 알고 있다. 그러나 식물 분포학적으로 보아 측백나무인 것으로 해설하고 있는 사회학자도 있다. 아무래도 시대의 지역적 식물자생이나 이용학적으로 예측함이 옳을 듯하다. 이로보아 중국의 고전은 잣나무 보다는 측백나무로 만든 배로 해석함에 따르고 싶다. 중국에는 측백나무가 흔하지만 우리나라 산야에는 그다지 흔한 나무는 아니다. 충북 단양 지방의 석회암지대의 산야에는 작은 군락을 이루고 있으며, 그 외 대구 도동, 안동, 달성, 영양, 등지에서 자생하고 있다.

시경詩經 용풍鄘風에 나오는 백주를 읽어 보면
범피백주 재피중하汎彼柏舟 在彼中河
두둥실 측백나무배가 물 가운데 떠 있네
담피양모 실유아의髧彼兩髦 實維我儀
머리를 늘어뜨린 저 더벅머리 총각이 진실로 나의 배필이었으니
지사 실비타之死 矢靡他
죽어도 딴마음 안가지리다
모야천지 불량인지母也天只 不諒人只
어머님은 하늘같으신 분이신데 어찌 저를 몰라주시나요.

한 번 쏟은 사랑하는 마음의 변치 않음이 가슴을 울리게 한다. 아직 출가하지 않은 처녀의 약혼자가 죽었고, 그 여자의 어머니는 다시 다른 남자에게로 출가시키려고 하지만 처녀는 죽은 약혼자를 잊지 못함이다. 다른 남자에게는 죽어도 시집가지 않겠다는 여자의 마음을 읊은 시로 읽혀진다.

측백나무배를 인용한 상징은 사철 푸르고 수명이 긴 나무에 비유하여 자신의 품은 정절을 담아내고 있다. 측백나무를 바라보며 여인의 애절한

마음을 느낀다. 이로 하여 백주지조柏舟之操라는 고사성어가까지 전해지고 있다.

측백나무는 다른 나무보다 민간 요약으로 널리 알려져 왔다. 어릴 때 넘어져 무릎에 상처가나면 측백나무 잎을 따다가 짓찧어 붙이면 피가 멈추고 쉽게 아물었다. 씨는 백자인柏子仁이라 하여 한약재로 이용되고 있다. 이 나무의 잎과 목재에는 침엽수 고유의 향기를 지니고 있어 향내를 맡으면 머리를 맑게 한다. 목재를 보면 무늬가 곱고 정교하며, 은은한 향내를 풍기고 있어 정감이 간다. 흔치않은 나무로 목재로는 많이 이용되지 못하였지만, 그동안 묘목을 생산하여 풍치목 또는 학교나 사원의 생울타리를 조성하는데 사용되어 왔다.

나무의 번식은 삽목도 되며, 종자를 따서 파종도 한다. 발아가 잘되는 편이다. 열매는 가을에 누른빛이 돌기 시작할 때 따서 그늘에다 말리면 봉합선이 갈라져 들깨알 크기의 씨앗이 쏟아진다. 열매에는 보통 2~5개의 씨가 들어있다. 파종하기 전에 깨끗한 물에 4~5일 침지한 다음에 씨를 뿌리면 10일 전후가 되어 발아를 한다.

흙을 뚫고 나오는 모습이 귀엽다. 어떤 씨는 꼿꼿하게 어떤 씨는 고개를 꼬부리고 올라와 차츰차츰 씨껍질을 벗어버리면 잎은 마치 기지개를 켜듯 양팔을 벌리는 모양의 2잎이 된다. 4주쯤 지나면서 서서히 여러 개의 속잎이 묶여져 나온다. 그렇게도 작은 씨앗에서 자라나는 생명을 들여다보고 있으면 시간가는 줄도 모른다. 봄볕에 알게 모르게 커가는 파란 줄기를 보면 새로운 희망의 꿈을 꾸게 하는 마음을 요동치게 한다.

씨앗이 발아하는 성장 과정

측백나무 암꽃과 수꽃

측백나무 열매

향나무

●●● 향나무는 살아 천년, 죽어 천년을 지나도 향기를 그대로 지니고 있다. 그래서 그 이름을 향나무라 부르지 않을 수 있을까.
향나무 같이 다복이 잎을 달고, 고고하고 맑게 깨끗한 모습으로 자라는

향나무 수꽃

나무는 없다. 늘 푸른 빛깔로 정좌되어 있는 형태는 언제 보아도 겸손한 듯, 늠름한 기품이다. 울릉도에 가면 경사진 암석사이로 수백, 수천 년을 사는 이런 향나무들을 볼 수 있다.

향나무는 삼국시대 이전부터 신앙적으로 귀하게 여겨온 나무이다.

역사적으로 보면 향나무는 하늘에다 제를 지내는 제단 옆에나, 우물가에도 심어 왔음을 알 수 있다. 종교에서는 분향焚香을 올릴 때 사용을 하고 있다. 예전에는 제사를 지낼 적에 향나무 줄기를 얇게 깎아다가 향불을 피웠다. 향을 피우는 이유는 주변을 신성시하고, 정성껏 신을 모시는 의식으로 제를 지낼 적에는 으레 향불을 사용함이란다. 향은 정신을 맑게 함으로써 사람들은 심신수양을 할 때도 향불을 피운다고 한다.

사람이 운명을 하게 되면 향나무 향수를 만들어 수건에 적셔 시신을 씻겼다. 이런 장례의식은 오늘에 이르기까지 전해져 내려오고 있다. 내가 어릴 적만 해도 염을 할 때는 향나무 물로 얼굴을 닦아주었다.

옛날에는 마을 공동 우물가에는 한 그루의 향나무가 심겨져 있었다. 나무의 향기를 신성시 여겼으므로 우물을 청정함으로 만들어 준다고 믿었다. 향나무에는 나무의 향기로 벌레가 잘 꼬이질 않는다. 학교나 공공기관에 향나무를 심는 이유도 다 이런 연유에서 식재를 하게 됨이다.

불교에서는 향나무를 잘라서 바닷가 갯벌에 묻어두고 오랜 세월이 지나 꺼낸 나무를 침향沈香이라 하여 사용한다고 한다. 법구비유경法句譬喩經의 글이다.

스승이 제자들을 데리고 길을 가다 떨어져 있는 종이를 발견하였다. 제자에게 주워오라고 하였다. "그 종이는 무엇에 쓰였던 종이라고 생각하느냐"

"향을 쌌던 종이인 듯합니다. 종이에서 향내가 납니다."

앞에 걸어가던 스승은 또 길을 멈추었다. 길가에 새끼줄이 떨어져 있었다. 제자에게 냄새를 맡아보라고 하였다. "새끼줄에서 생선 비린내가 납니다. 썩은 생선을 묶었던 새끼줄 같습니다."

"세상에는 어떤 인연을 만나느냐에 따라서 그 본성이 달라진다. 향을 쌌던 종이에서는 향내가 나고, 썩은 생선을 묶었던 새끼줄에서는 생선 비린내가 나게 마련이다." 인생이 살아가는 데는 어떤 사람을 만나 친구가 되고, 이웃이 되느냐에 따라 사람이 달라지 게 된다.

미술가 루오의 작품 중 '향나무는 자기를 찍는 도끼날에도 향을 묻힌다'는 제목의 판화가 있다고 한다. 자신을 괴롭히고 아픔을 주는 도끼날에 독을 주는 게 아니라 오히려 향을 묻혀준다는 것이다. 바로 이런 삶이 종교적인 사랑이며, 향나무가 지닌 특징이 아닐까.

향나무는 오래된 잎은 비늘잎鱗葉으로 부드러우나 새로 자란 가지는 바늘잎으로 날카롭다. 햇가지는 녹색이지만 몇 년이 지나면 갈색으로 변한다. 바늘잎은 마주나거나 돌려나기도 한다. 잎은 짙은 녹색으로 양면이 도드라져 있으며 표면에는 흰 선이 있다.

암수雌雄가 다른 나무도 있지만, 한 그루로 되어 있는 나무도 있다. 봄이면 가지 끝에 적자색을 띠면서 노란빛깔로 잔잔하게 꽃을 피운다. 암꽃은 둥글며 황록색 비늘조각처럼 실편實片으로 되어 있다. 열매는 녹색으로 자라 두개의 능선을 이루며 이듬해 가을에 흑갈색으로 익는다.

향나무는 여러 종류가 있지만 모두 향기를 지니고 있다. 곧게 자라는 향나무, 약간 누워서 자라는 단천향나무, 바닷가에서 자라는 섬향나무, 잎이 억세게 자라는 뚝향나무, 줄기가 누운 채로 자라는 눈향나무, 둥글게 자라는 둥근향나무, 도입종인 열필향나무 등이 있다. 향나무는 상록수로 정좌되어 있는 모습이 아름다워 정원수로 사랑받는 나무다.

향나무류는 적성병균의 중간숙주 식물로 배나무과수원의 인근에서는 병원균을 옮기게 되어 심어서는 안 된다.

나무의 번식방법은 종자로도 하지만, 주로 삽목방법을 이용한다. 이른 봄에 지난해 자란 햇가지에 한 마디쯤 되게 2년지를 붙여서 삽수를 만들어 깨끗한 모래에다 꺾꽂이를 하면 뿌리를 내린다.

암꽃과 수꽃 열매

히말라야시다

히말라야시다 수꽃

●●● 하창시절에 조원하 견하실습을 갔었다. 64년에 부산의 용두산 공원에 갔던 생각이 아련히 떠오른다.

공원의 오월, 푸른 나무는 새로 돋아난 연둣빛 속잎이 어우러져 더없이 아름다웠다. 처음 보는 나무는 가지가 사방으로 늘어져 땅에 닿을 듯, 마치 원뿔을 만들어 세워놓은 듯 눈길을 끌었다. 처음 듣는 나무 이름은 '히말라야시다' 였다. 자생지가 히말라야 산맥에서 자라는 수종으로 우리나라에 식재된 연도는 1930년경임을 알게 되었다.

마치 초록색 치마저고리를 입고 나들이를 나온 처녀 같은 나무다. 어찌 이리도 그 운치가 아름다운가. 오래도록 이 나무의 멋스러움을 잊을 수가 없었다.

젊은 날 보았던 아름다움에 반해 조경학 실습시간에는 공원설계를 할 적마다 히말라야시다를 배식하기를 원했다. 그러나 안타깝게도 추위에 약한 조경수이다. 생태적으로 중부지방에서는 월동이 어려움을 알았다.

80년도, 학생실습을 위해 조경수를 견본으로 구입하는 과정에서 히말라야시다 1주를 함께 신청을 하였다. 청주에서는 살아남기가 어려움을 알았지만, 설마 건물이 찬바람을 막으면 살 수 있겠지 하는 생각에 양지바른 위치의 정원에다 심었다. 겨울이 되면 동해를 입어 고사할까 봐 늘 걱정이 되었다. 요행이 추위를 잘 견뎌주었다. 겨울이 오면 애간장을 태웠지만 다행히 해를 거듭할수록 쭉쭉 예쁘게 자랐다.

히말라야시다는 차차 자라면서 원뿔형으로 푸른 잎을 매달은 채, 겨울이면 백설이 소복이 나무 위에 쌓여 한층 자연의 경관미로 색다른 멋을 내었다. 이런 아름다운 모습에서 그 누군가가 설송雪松이란 이름을 짓게 되었나보다. 봄이 되면 학생들은 가느다란 가지를 잘라다가 삽목 실습을 하여 번식도 시켰다.

히말라야시다는 30여년쯤 되어서 10월 이후에 수꽃은 가지 끝부분에서 피었다. 애기손가락만한 굵기로 하늘을 향하여 노란 송홧가루가 날리었다. 마치 소나무의 송화나 비슷했다. 암꽃은 높은 가지에서 피어 아직까지 한 번도 보지를 못하였다. 작은 열매는 이듬해 여름이 되면서 진초록 잎의 가지 위에 연둣빛으로 둥글둥글 맺어 자랐다. 솔방울은 거의가 주먹만한 크기로 자랐으며, 늦은 가을이 되면 켜켜이 탑처럼 쌓였던 인편鱗片이 조각조각 갈라져 쏟아졌다.

인편에는 2개의 씨가 들어 있었다. 씨앗 크기는 해바라기 씨만 하며 끝이 뾰족하고 날개가 달렸다. 날개는 얇은 막질膜質로 노랑나비의 날개를 연상할 만큼이나 크다. 히말라야시다는 침엽수 중에서도 가장 큰 날개를 갖은 것 같다. 바람이 불어도 씨앗이 커서 멀리 날아가지는 못했다. 바람의 세기에 따라 어쩌다 공중을 나르며 떨어지는 모습은 팔랑개비가 돌아가는 그런 모습 같았다. 마치 나비가 나풀나풀 나는 모습이랄까.

땅에 떨어진 씨를 주워서 손끝으로 힘주어 눌러 보았다. 손에 기름기가 묻으며 향긋한 내음이 스며났다. 어디서 많이 맡아본 향내다. 침엽수 종류에서 스며나는 저마다의 색다른 특유의 향기다. 나름대로 병원균 침입을 막는 피톤시드의 향료인 것 같다. 손끝을 서로 비벼보니 매끈거리며 보드라웠다. 송진처럼 끈적거리지는 않았지만 오래도록 향내가 은은하게 남았었다.

발아를 시켜보고 싶었다. 땅에 묻기 전에 물에다 씨앗을 침지를 시켰다. 종자는 기름기가 있어서 물에 쉽게 가라앉지를 않았다. 이삼일이 지나자 차차 물속으로 가라앉았다. 사오일이 지나자 뾰쪽한 씨앗의 끝에서 하얗게 뿌리가 내밀며 돋아났다. 일주일이 지나자 발그레하면서도 흰빛의 뿌리가 확연하게 자라는 게 아닌가. 상상도 못했던 일이 벌어졌다. 어찌 이리도 빠르게 촉이 튼단 말인가. 혹여 씨앗이 나무 밑에서 비에 젖어 있었던 탓은 아닐까 하는 의문이 들기도 하였다. 흙에다 묻어둔 종자는 한 달이 지나서 겨우 싹이 돋아나기 시작하였다.

껍질을 뒤집어 쓴 가느다란 잎은 이십여 일이 지나서야 자세히 볼 수 있었다. 우산을 펼쳐드는 것처럼 열세개의 잎이 사방으로 퍼져 자랐다. 생장점에서는 작고 가느다란 속잎들이 또다시 돋아나고 있었다. 30여 년 전에 심은 나무에서 맺은 씨앗으로부터 느껴보는 감회로움이었다.

중부 지방에서도 산지조림은 어렵지만 이제는 도시 내의 공원 경관을 위한 식재는 가능하지 않을까 하는 생각이 들었다. 히말라야시다의 약점은 뿌리가 직근성이 아니다. 천근성이라 풍해의 위험성이 염려된다. 하지만 가지를 짧게 전지를 하여 상록수로의 새로운 경관미를 조성해 낼 수가 있는 조형예술의 기술이 필요할 것 같다.

우리나라에는 히말라야시다와 유사한 잎갈나무伊叱可木와 일본잎갈나무가 자라고 있다. 히말라야시다는 잎갈나무를 닮았다하여 개잎갈나무로 부르기도 한다. 개잎갈나무는 잎갈나무落葉松와 너무도 비슷하다. 이런 의미에서 개자를 붙이게 된 이름이다. 잎도 가느다란 줄기에서 20~30여개씩 묶여서 자라는 모습도 서로가 흡사하다.

개잎갈나무는 상록수로 솔잎이 짙은 녹색이며 부드러운 듯, 하지만 약간은 억세고 끝이 피침이다. 반면 잎갈나무는 가을이면 황금색으로 낙엽이 진다. 잎은 연녹색으로 아주 보드랍다. 개화기를 보면 개잎갈나무는 늦은 가을에 꽃이 피어 다음해에 솔방울이 성숙한다. 잎갈나무는 봄에 꽃 피어 가을에 작은 솔방울로 익는다. 겉으로는 비슷한 모습이지만 특성상으로 하나하나 비교해 보면 확연이 차이가 있다.

지금은 기후의 변화로 중부 지방에도 개잎갈나무는 충분히 자랄 수 있을 것으로 믿어진다. 청주에도 개잎갈나무가 심겨진다면 조경가치를 뽐낼 수 있으련만 그 아름다움을 볼 수 없음이 아쉽다. 금년 가을에는 많은 종자를 따다 파종해 키워서 지인들에게 분양을 해주어야겠다.

히말라야시다 씨앗과 열매

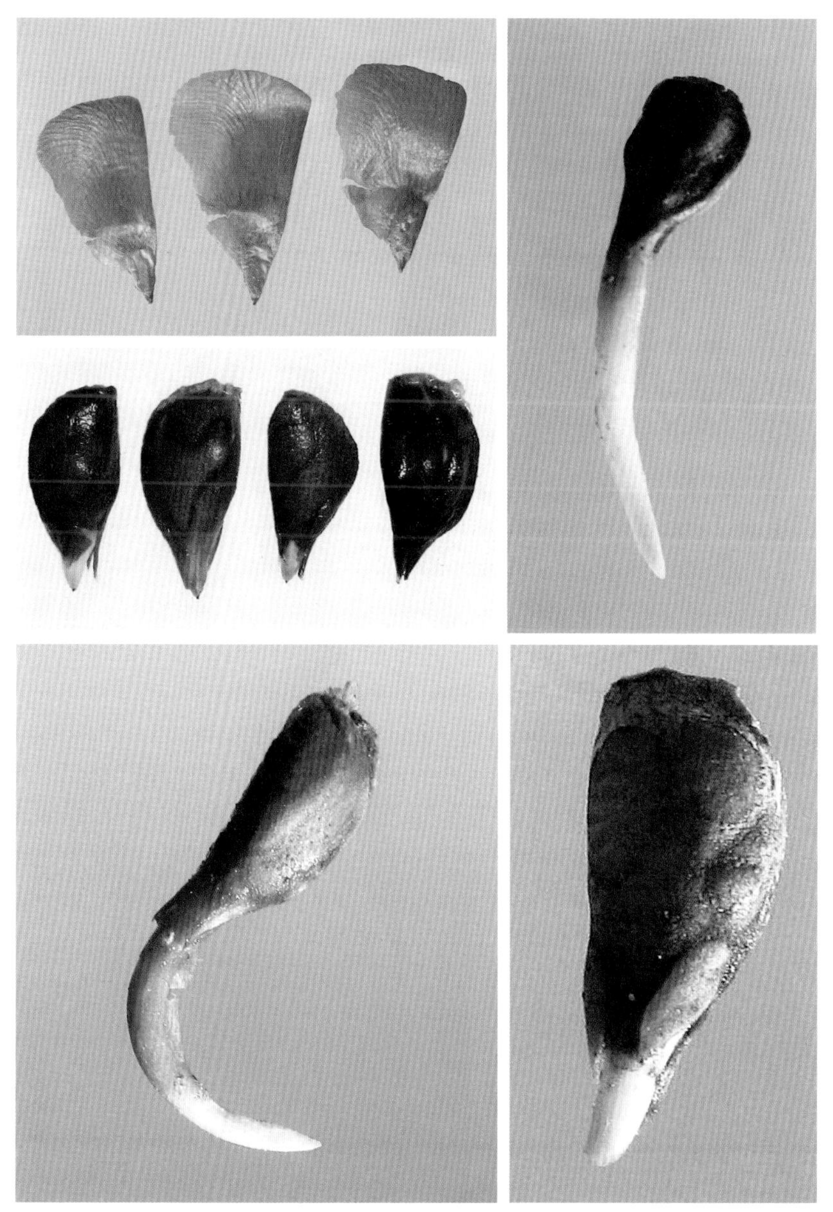

씨앗이 발아하는 과정

씨앗이 발아하여 성장하는 과정

씨앗이 발아하는 과정

어린 히말라야시다

히말라야시다 성목

백송白松

백송 수꽃

●●● 백송白松의 특징은 회백색 줄기이며, 삼엽속생三葉束生이다. 즉, 잎이 세입씩 묶여나 있다. 동양학에서 숫자 중에 삼三은 가장 안정감을 준다 한다. 셋의 의미는 천지인天地人이라 하였다.

백송잎을 가만히 들여다보고 있으면 마치 도덕경道德經 강의를 듣는 듯한, 생각이 든다.

도생일, 일생이, 이생삼, 삼생만물道生一, 一生二, 二生三, 三生萬物이 떠오른다. 도는 일을 낳고, 일은 이를 낳고, 이는 삼을 낳고, 삼은 만물을 낳는다.

우주에 있는 일체의 만물은 도생일道生一로 처음 만들어진 일一은 음陰과 양陽이라는 두 가지 성질을 가지고 있다고 하였다.

노자는 일생이, 이생삼, 삼생만물一生二 二生三 三生萬物이라며, 하나는 둘이 되고, 다시 둘은 삼을 만들어 내며, 삼은 더 많은 사물을 만들어 낸다고 했다. 세상에 음과 양이 조화를 이루게 되면, 음과 양이 변화하여 새로운 사물이 많이 생겨나도록 한다함이다. 이로서 삼은 안정감이 있을 뿐더러 많은 사물을 생산되게 한다.

삼은 하늘天, 땅地, 사람人을 나타내며, 이를 삼재三才라고 한다. 하늘은 빛을 주고 땅은 빛을 받아 싹을 틔우고, 천지지간에 사람이 이를 활용하라 함이며 인간답게 살다 가람이다. 이 깊은 뜻을 어찌 잊고 살아왔는가.

백송을 이런 의미로 바라보고 있으니 귀티가 나는 듯하다.

푸른 잎은 부챗살 모양으로 사방으로 벋어나간 위상이 당당해 보인다. 봄이 되면 굵은 밑줄기는 스스로 옷을 벗어버리기라도 하는 듯 껍질이 가지각색의 모양으로 떨어져 나간다. 어쩌면 조각가다. 어떤 연유에서 저리도 다양한 모습으로 세월을 벗어내는 걸까. 줄기는 연푸른빛 속살을 들어내어 멋을 부리기라도 하는 양 얼룩덜룩한 무늬는 이채롭다. 더러는 회색빛 고운 색깔은 밝고 깨끗함이 고풍스러움에 시선을 끌어들인다. 나이가 들어가며 줄기의 수피는 서서히 회백색으로 변해간다. 나이가 들수록 아름다움을 은근히 들어낸다. 그 의연함이 선듯 대하기 어려운 선비라고나 할까.

백송은 중국 수종이다. 우리나라에 심겨지게 된 것은, 식재되어 있는 높은 수령의 나무로 따져 보면 600여 년경으로 추정하고 있다. 백송은 다른 나무보다 줄기의 미적 경관을 지니고 있는 점과, 귀하다는 생각에서 조경수로 선호하는 편이다. 전국적으로 오랜 된 나무는 흔하지 않지만 천연기념물로 지정되어 있는 백송도 몇 그루가 되지 않는다.

충북 보은군 보은읍 어암리에는 200여년 생된 백송은 천연기념물로 지정되어 백색의 늠름한 고고함의 자태가 아름다웠지만 안타깝게도 수 년 전에 고사되고 말았다. 마을에서는 안타까움에 이 나무의 후계목인 백송을 빈자리에다 다시 식재를 하였다. 이 나무가 무럭무럭 자라 머지않아 청백색青白色의 깔끔하면서도 고운 모습으로 고결한 백색미감을 드러내어 주겠지. 천연기념물의 이름은 잃었지만 그때 그 마음만이라도 전설로 남으리라.

백송은 오랜 연륜이 쌓아져야 그때 비로소 줄기가 흰빛으로 변하게 된다. 이는 풍진 세월 연후 고풍스러운 풍치이다.

백송의 솔방울은 2년이 되어야 성숙되어 가을에 익는다. 보통 솔방울만한 크기로 달리지만 인편이 두꺼우며 그 끝마다에 가시가 나 있다. 가시의 의미는 무엇인가. 헛트게 아무나 함부로 접근할 수 없음을 일러줌이다. 씨는 잣알처럼 인편 사이에 동그란 모양으로 두 개씩 들어있다. 한 개가 자리 하기도 한다. 종피를 깨서 알맹이를 먹어보면 마치 잣을 먹는 느낌이다. 은근한 솔향도 밀려온다. 백송이 지니고 있는 태초로부터 이어져 내려오는 근본의 향일게다. 솔방울 한 개에 씨앗은 10알에서 20알쯤 들어있다. 봄에 나무 밑에 떨어진 솔방울을 들여다보면 더러는 인편 속에 그대로 씨앗이 박혀 있는 것도 있다.

번식을 기다리는 자연의 섭리이다. 발아시키는 방법은 가을에 종자를 따서 약간 습기가 있는 깨끗한 모래흙에 묻어두었다가 봄에 파종한다. 씨를 뿌릴 때는 종자의 크기 두 배 정도의 흙으로 덮고 건조하지 않게 짚이나 낙엽 등으로 습기를 보존해 준다. 빠르게 발아시키려면, 종자를 물에다 5일 정도 침지하였다가 파종하면 한 달도 안 가서 싹이 돋는다. 일반적인 종자의 파종 방법이다.

백송 씨앗을 흙속에 묻고 난 후, 한 달이 가까워서야 껍질을 뒤집어 쓴 채 발아가 시작되었다. 딱딱한 껍질을 쓰고 뿌리줄기가 차츰 차츰 자라면서 여러 개의 잎이 보이게 되었다. 껍질을 벋고 완전한 잎을 보게 될 때까지는 적어도 한 달 정도의 기간이 또 걸렸다. 이상하게도 밖으로 나온 자엽子葉의 수는 11개에서 12개로 자랐다.

백송 잎은 삼엽속생이라 하였지만, 어린 싹이 돋아날 때의 수자는 다르다. 모수의 형태대로라면 3잎이 나올 줄 알았다. 그 이유는 알 수가 없었다. 아마도 성장과의 관계가 있는 게 아닌가. 잎이 많아야 빛을 더 받을 수 있어 광합성 작용을 통하여 성장이 빠르게 할 수 있다는 이치를 터득하였나 보다.

내가 그동안 식물채집으로 겉은 대충 알아왔고 그 외는 짐작이나 상식으로 미루어 생각했다. 종자를 파종하여 길러봄으로 이제야 겨우 새로움을 알게 이르렀다. 백문불여일견이라더니 배움이란 바로 경험이 제일임을 깨닫게 되었다.

뿌리는 직립형으로 잔뿌리가 많지 않아 이식이 어려운 편이다. 어릴 때부터 곧게 자라는 직근直根을 잘라 잔뿌리를 많이 파생시킨 후에 옮겨 심으면 된다. 종자를 구할 수 있으면 화분에다 파종하여 두면 집에서도 기를 수 있다.

봄에 화분에다 종자를 파종하고 발아하는 과정을 지켜봄이 즐겁다, 사람은 배신을 하지만 씨앗은 자신의 푸른 생명으로 희망을 주며 진실이 무엇인가를 깨닫게 하여준다. 마치 애기를 보살피는 마음과 다르지 않다. 이 나무가 몇 년쯤 되어야 흰빛의 줄기로 변해 가려나.

우리에게 주는 흰색의 색감은 순수함이며, 고결한 감성을 갖게도 하지만 어느 때는 쓸쓸함이나 슬픔을 떠올리게도 한다.

공자는 회사후소繪事後素라고 하였다. 그림을 그릴 적에는 먼저 바탕에 흰색으로 만든 다음 그림을 그려야 한다고 풀이한다. 또는 그림을 그리고 난 후에 흰색 칠을 한다는 뜻으로 해석도 한다. 사람이 살아가는 방법은 그림을 그릴 때 흰색의 사용 방법에다 비유하였다.

이처럼 사람은 순박하고 착한 마음을 더한 다음 덕을 갖춘 후에 예禮로 살아가라함을 가르쳤다.

백송은 흰빛을 지닌 나무다. 푸르른 빛깔에 늠름한 흰 자태가 은근히 부럽다. 어릴 때에는 푸른 줄기로 성장한 후에야 늦게, 고결한 흰빛의 줄기로 자신을 조용히 발함에 과연 군자다운 나무가 아니던가.

백송 수꽃과 암꽃

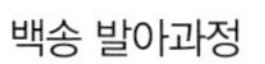
백송 발아과정

메타세콰이어 숲속 길

충북대학교 메타세콰이어 숲길(1990년 식재)

사람은 떠나가도 발자취의 흔적만은 이렇게 뚜렷하게 남아 있다.

30여 년 전 식목일에 임학과 학생들과 함께 식재한 메타세콰이어 나무이다. 나무를 심을 당시에는 이런 아름다운 숲길이 되리라고는 상상도 못하였다. 이 나무들이 언제 커서 숲이 될 수 있으려나 생각했었다. 그런데 벌써 한 아름이 되는 기둥감이 되어 있다.

그때 메타세콰이어 나무를 심은 학생들도 이제는 이순耳順을 바라보며 값진 인생으로 살아가겠지.

그러나 학문을 가르쳐주신 은사님들은 한 분 한 분 슬프게도 저세상으로 떠나셨다.

생명이란, 죽음이란, 인생이란 무엇인가. 이제 나도 은사님을 따라갈 날이 머지 않았다. 다행히 교수님이라고 부를 수 있는 나의 대학원 지도교수이신 민두식 은사님 한 분만이 생존해 계신다. 더 세월이 가기 전에 은사님을 모시고, 이 푸른 숲속을 걷고 싶다. 지금은 학문보다는 '인생이란 무엇인가' '죽음이란 무엇인가'의 그 의미를 여쭙고 싶다.

은사님의 댁에서 나는 지척의 거리에 살면서도 오랜 기간을 찾아뵙지 못한 송구함이 너무도 죄송스럽다. 금년 가을에는 어떤 일이 있어도 꼭 찾아 뵈어야겠다고 스스로 다짐을 한다.

오랜만에 숲속 길을 홀로 걸으며 은사님들의 존암을 뇌어본다. 정인표, 박호건, 백승언, 정대성, 이만우, 윤정구 교수님의 음성이 들리는 듯 모습들이 생생하게 떠오른다.

교정의 나무 한 그루 풀 한 포기까지도 예사롭게 여기지 않았던 정든 학교 정원을 사랑하던 지나간 세월이 오늘따라 아련히 그려져 온다. 이 숲길을 걷는 나의 행복한 마음을 메타세콰이어 나무만은 알고 있겠지.

손으로 쓴 수필

나무, 그리고 생명의 소리

초판 1쇄 발행일 | 2019년 6월 24일

지 은 이 | 김홍은
펴 낸 이 | 노용제
펴 낸 곳 | 정은출판

출판등록 | 2004년 10월 27일
등록번호 | 제2-4053호
주　　소 | 04558 서울시 중구 창경궁로 1길 29 (3층)
대표전화 | 02-2272-9280
팩　　스 | 02-2277-1350
이 메 일 | rossjw@hanmail.net

ISBN 978-89-5824-391-5 (03810)

값 14,000원